JN120525

今西穂高

文芸社

◇ 目次 ◇

本書を東日本大震災により亡くなられた方、行方不明の方及びご親族の方々に捧げます。そして震災の日よりずっと復興を願い、様々な活動をしてこられた全ての方に敬意を表します。

第一部　み・すてる

おわりの始まり

急に降り出した雨に追われるように不二男は「神田まちかど図書館」に駆けこんだ。傘をたたみながら落ち着ける場所を探そうと見渡して足が止まった。平日の午後一時の図書館。十数人の中年の男たちがうずくまっている。背の低いソファは明らかに子ども用だった。都民に開放した小学校内の図書館に男たちが窮屈そうに座っている。どんな用事があるのかわからないがこれほど利用者がいるとは。彼らは何者か。何百万人もの労働者がひしめく首都。時間はあっても金と行き場のない男たちが漂着している。

神田に来る少し前、不二男は浜松町にいた。事務所からずいぶん歩き駅前の牛丼屋で昼食を済ませていた。これまでは仲間とホテルでランチを楽しむこともあった。今は自分の状況を仲間に知られたくなかった。事務所に戻る気になれず午後は早退することに決めた。どのみちもうやるべきことがない。午後をどう過ごすか。家には帰れない。喫茶店では長居できない。映画など観る気もしない。なるべく金がかからない所はどこか、やはり図書館か。そう考えて不二男はスマホで検索した。図書館は秋葉原と神田に見つかった。どちらも小学校の一部を公共施設として開放しているものだった。神田の方が駅から近い。定期券で行ける場所だ。そういえば定期券も使えなくなる。これまでは週末に銀座、秋葉原などへ気軽に買物に行っていた。

そこは図書館というよりも図書室の呼び名がふさわしい狭い室内だった。子ども用の椅子に背の高いスーツの男が窮屈そうに足を曲げて座っている。犬のおすわりのようでみっともない。上下揃いの水色の作業服を着た男が雑誌を膝に載せている。ワイシャツの小柄な男はパイプ椅子の上で胡坐（あぐら）をかいて眼をつむっている。その向かいの老人はテーブルに広げた新聞をじっと見ている。

窓際のソファが空いているのを見つけ、不二男は腰を下ろした。スーツの男と同じように脚が蟹のように曲がる。子どもなら四人は座れる正方形のソファは大人では二人が限界だ。尻がぶつかり合う。男たちは皆縄張りの穴で息をひそめる蟹だった。自分の居場所を奪われまいとするかのように動かない。

背の高い男をもう一度見た。男は濃紺のスーツを着てマスクをしていた。梅雨の蒸し暑さが室内まで及んでいる中、ネクタイを締めマスクをしている。足元にある荷物がずいぶん大きい。鉄パイプの簡易なカートに大きな収納ケースと黒革のバッグをロープでくくりつけていた。黄色いスポンジやスプレー缶、文房具らしきものが収納ケースから透けて見える。かさばる荷物を曳いてどこから来たのか。この後どこへ行くのか。何者か。秋葉原の駅前で昔よく見かけた実演販売の物売りのようにも見える。男はふと立ち上がり本棚に近づいた。本を一冊ずつ開いては少し眺め，棚に戻す。仕事に使えそうな本を探しているのか。ただの時間つぶしなのか。棚には「宗教・哲学」の表示板があった。男のスーツ姿と「宗教・哲学」の書棚はどうにも不似合いだった。

背後に子どもの話し声がした。振り向くと母子連れが窓際にいた。児童書の棚を見ている。母親はもう一人、乳児を抱っこひもで胸に抱えていた。園児服の幼児がこれーと叫んで棚から大判の絵本を引っ張りだす。それを母親が受け取る。これもーと園児が二冊目を引き出す。母親はしーっ、小さい声でね、と諭した。反対側から子どもたちが言い争うのが聞こえた。この小学校の生徒のようだった。生徒がいる一角は大人が入れないよう仕切り板があった。ここからは見えないが職員らしい女性の声が子どもたちをたしなめている。働くことの意味などまだ知らない子どもたち。図書館の外は雑居ビルが無数に並ぶ。その中で無数の給与生活者が棲息する。俺の居場所はそのどちらにもない。陰鬱な藪に迷い込んだような息苦しさ。図書館を出た。梅雨の始まりを思わせる暗い雲が駅まで続いていた。

――港区。海岸通りの高層ビルの一角――

わが社の経営は行き詰まっており早期退職者を募集する。これに伴い五十歳以上の管理職全員に面談を実施する。

通達が出て一週間ほど経った四月のある朝、諸江不二男(もろえふじお)は面談室のドアをノックした。小部屋に入ると事業部長の無庫川(むこがわ)と目が合った。「ご存じの通り、当社を取り巻く環境は大変厳しく」と無庫川は話しはじめた。退職を希望するかどうかを聞かれるのだろう。答えは否。早期退職すれば退職金は特別加算により六割増しとなる。これまでない高額の退職金が職場の話題になったが不二男は辞めることなど全く考えていない。望んで異動した今の職場が気に入っている。定年まで働くつもりだった。無庫川は話し続ける。

「会社には新陳代謝が必要なのです。若い世代にも成長の機会を提供しなくてはならない。そういう状況ですから今後あなたに用意できる仕事はありません」

不二男は言われたことがすぐには理解できなかった。自分を見据えている無庫川の冷やかな視線を見た途端、体中の血液がいっぺんに脳髄になだれこんだ。この男は今、用意できる仕事がない、と言った。何を言っている、そんなはずはない。二つも三つもプロジェクトを掛け持ちして忙しい者がいるじゃないか。それを承知で退職しろ、と言うのか。解雇と同じじゃないか。なぜこんな卑怯な言い方をする。なぜ自分なんだ、他にも社員は大勢いる。私はこれまでずっと良い評価を得てきた。理由を説明してほしい。

「会社として、時間をかけて、慎重に検討をしてきた結果であり、この決定が変わることはありません」

それ以後は週に一度呼び出され退職願の提出を迫られた。今回の特別退職金は破格の処置で今後は二度とない、締切り後に退職となっても付加金は一切出ない、よく考えろ。ここに残ろうとしても仕事がないのだから早く転身の検討を始めた方がいい。面談のたびに不二男は言い返した。仕事がないはずがない。忙しくて休日出勤している者だっている。付加金など全く興味ない。しぶしぶ異動してきた者だって多いこの部署に私は希望して来たんだ。期待してますよと人事部長も言っていた。人事部長に会わせてくれ、私にはやりたいことがまだいっぱいある。

不二男の会社は従業員約三万人の大企業で電機業界では最大手の一つだった。不二男が所属する部門の主業務は先端的なＩＴ技術を使用しての課題解決コンサルティングだった。

三人か四人でチームを組み数ヵ月の間活動する。これまでも新しいプロジェクトが決まるまで一ヵ月ほど待つことはあった。だが二月に最後のプロジェクトが完了し二ヵ月経っても新案件参加の指示がなかった。一緒だった仲間はすでに別の案件に就いていた。一方で不二男と同様、次のプロジェクトを待っている仲間も結構多い。彼らの顔つきを盗み見ると皆一様に暗かった。退職の勧奨を受けたに違いないが面と向かって聞く気にはなれなかった。

　不二男は以前直属の上司に送ったメールを思い出した。最初の面接の二週間前だった。

「ご存じと思いますが私は先々月プロジェクトが終わったので手が空いています。次のプロジェクトへのアサインをお願いします」

　早期退職の計画が発表された後になんとなく疑念を覚えたためだった。上司からの返事はなかった。次に逆橋（さかはし）統括部長にもメールを送った。面接の一週間前だった。

「先月の会議で関西方面での案件が多くなっているので転勤してもいいと思う人はいないか、と言われていましたね。行ってみたいのでご検討ください」

　返事はなかった。疑念が不安に変わりつつあった。そして人事部にもメールした。無庫川との二度目の面接の後だった。

「今回の早期退職制度の推進について直接経営幹部に私の思いをお伝えしたいので、是非お取り次ぎをお願いします」

返事はなかった。同期で入社し役員に昇進した男に口利きを頼もうとした。示し合わせたかのように全員が沈黙している。かなり前から対象者は選別されていたのだと今になって悟った。知らなかったのは自分だけだった。

諸江不二男は六月に五十六歳になり役職定年を迎える予定だった。それを過ぎると管理職の肩書きを失いシニアスタッフと呼ばれる。責任が軽くなる分月給も三割減らされるが、六十歳までは正社員として働くことができる。最近の法律改定で六十五歳まで雇用することが企業の努力義務となった。年金の支給年齢の引き上げに伴うこの政策を歓迎する経営者などいなかった。

自分を解雇することに決めたのはいったい誰なのか。面談の中で何度か探ろうとした。誰、というのではなく会社、として決定しましたと無庫川は繰り返した。執拗な説得を繰り返す無庫川に退職届を差し出した途端、面談は終了となった。五月の初めだった。人事部から退職金の試算通知、年金の説明会や再就職支援の案内メールが津波のように送られてきた。会社は退職日前でも再就職支援会社のサービスを使って構わない、と言うが辞めた後のことなどまだ考える余裕などない。なぜ自分が辞めなくてはならないのか、という問いをずっと反芻している。あなたを選んだ理由は言えないがとにかく辞めてくれ、という話が上場企業でも通ること自体理解できなかった。弁護士事務所と相談の上進めているから、訴訟を起こしても無駄に終わるだけだと無庫川は予防線を張った。リストラに遭った中高年の職探しは非常に厳しいことは新聞でよく知っていた。そのことを思うと寝付けなくなった。毎朝起きると寝る前よりも却って疲れが増していた。

解雇された翌月から収入がゼロになる。退職金でしばらく生活できるとしても年金が貰える年齢までとてももたない。家族がいる。妻は働いていない。子どもは最近働き始めたが時給払いだ。無収入、という言葉が頭に浮かんだ。恥だ。失業、失笑、無収入。

不二男は今の職場が気に入っていた。昼食には必ず仲間を誘い情報交換した。誘うのは一回に一人か二人と決めていた。人との交わりは同時に大勢でよりも一対一の方がはるかに親密になれる。プロジェクトの中で新しい仲間と出会う。趣味や家庭の悩みまでお互いに話す。定年までに知り合えた仲間が自分の財産だ。そう信じていた。だがその仲間に自分がリストラ対象になっていることをどうしても打ち明けられない。

退職を勧奨されてからは休憩時間が怖くなった。一人で昼食を食べるようになった。早期退職は今や社内の最大の関心事だ。噂話があちらこちらで囁かれていた。不二男にとっては噂ではなく事実だった。誰が辞めるのか。人事は半年も前に選別基準を作っていたらしい。対象者は仕分け済みだ。希望しても引き留めるべき者、辞めたいなら止めない者、どうしても辞めさせたい者のＡＢＣランクがある。Ｃランクは何度でも呼び出して説得する。それでも拒絶したら次回の異動で追い出し部屋に移す。見せしめにする。
絶対に解雇の対象になったことは知られたくない。知られれば、晒し者だ。親しくしてきた仲間も引き潮のように遠ざかってゆく。不二男はしゃべるのが好きだった。それが口数が極端に少なくなった。気づかれまいと明るさを装う。だが声に張りが無いのが自分でもわかる。なんだか元気ないねと仲間に言われた時、全てしゃべってしまいたい衝動を押さえるのにひどく疲れた。誰にも話せない。誰かに聞いてもらいたい。二つの思いがどろどろに混ざっていた。退職勧奨されなかった者にとっては一生に一度見られるかどうかの大事件だ。大海嘯(だいかいしょう)が来る。安全な高台から仲間が見下ろす。津波が襲う。自分は濁流の中で頭だけ出して浮いている。早く逃げろと仲間が叫ぶ。もう遅い。強い引き波。高台がみるみる遠ざかる。足元をすくわれて深く沈む。二年前の大震災を思い出す。あの無庫川の言葉も。

会社として、時間をかけて、慎重に検討をしてきた結果であり、この決定が変わることはありません。

家までの帰路、乗り換えの王子駅で降りて地下鉄の入り口へと向かう。通路で小柄な男が何かの雑誌を高く掲げて叫んでいた。

「ビッグイシュー、どうですかー」

その声で昔の記憶が浮かんだ。ロンドンの地下鉄の入り口で同じ光景を見たことがあった。「ビッグイシュー」はイギリスのＮＰＯが創刊した雑誌だ。一般の週刊誌と内容はさして変わらないが、販売方法に特徴があった。売店では売らずホームレスが街頭売りをする。売り上げの一部はホームレスのものになる。無収入者の自立を支援する目的で始まった。日本でも十年ほど前ＮＰＯが設立された。日本で定着するかどうかわからないが、寄付や政策に頼るよりは良い方法に思えた。俺も将来ビッグイシューを街頭で売ることになるだろうか。ビッグイシュー。訳せば大問題。そうだ。俺の状況が大問題なのだ。


高々と雑誌を掲げる男を眺めながら不二男はロンドンでのもう一つの記憶を引き出した。東京よりもずっと冷え込む真冬の繁華街。オックスフォード・サーカスにある地下鉄の入り口で若い男が物乞いをしていた。男は無言で薄汚れた寝袋にくるまっていた。肌の白さと顔つきからは生粋のイギリス人に見えた。あの若さで物乞いなどするのか、仕事などロンドンでならいくらでも見つかるだろうに。無精ひげを生やした男の眼はどんよりとしていた。かつて七つの海を制覇し、日の没することのなかった大英帝国。インド、中国、オーストラリアなど広大な土地を支配した。今は中華街に多くの中国人が住み、インド人が経営する雑貨店が無数に散らばる。帝都ロンドンでアングロサクソンの末裔が寒風に震えている。同じ光景は東京でも見られる。次に寝袋にくるまるのは息子の浩一（こういち）か。いや、俺かもしれない。地下鉄へと続く階段で足を滑らせそうになる。地の底に引き込まれていく気がした。

　六年間学費を払い続け、結局浩一は大学を卒業できなかった。大学五年目の終わり、一年でわずか二単位しか取れなかった夜、不二男と浩一は食卓で向かい合った。長い沈黙を不二男が怒声で破った。

　わかってるのか、退学したらお前は高卒と同じだ。いや高卒で真面目に働いている人と比べれば五年間ずっと遊んでいたお前は高卒以下だ。すみません。でも残りの単位を取る気がしない。ここまで来て退学すると言うのか。どうしたらいいのかよく考えろ。浩一は一度も目を合わせなかった。休学届と共に在籍に必要な支払いをした。翌春、浩一は退学した。

　浩一の生活は不二男には全く理解できなかった。昼間はほとんど自室にこもってベッドに寝そべっている。不二男が寝室に上がる十二時頃、入れ違いに浩一は居間に下りる。ため録りしたアニメを見ながら明け方までパソコンで友人とチャットやゲームをする。有料のオンラインゲームに小遣いをつぎ込んだ。祖父母からの折々のお祝い金を浩一の名義にしていた預金まで引き出した。通帳の残高がマイナスになっているのを見つけた時は驚いた。どこでそんなやり方を知ったのか定期預金を担保に普通預金から引き出していた。キャッシュカードを取り上げると今度はコンビニでクレジットカードを作った。しばらくしてカード会社から未払い請求の通知が届くようになった。支払い能力のない者にカードを作るのはおかしいとクレームのメールを送ったが法律上は問題ないと返ってきた。部屋の中はマンガとアニメのフィギュアで溢れかえっていた。このままではサラ金にまで手を出しかねないと恐れた不二男が、いい加減にしろ、仕事に就けと怒鳴り、ようやく半年前から家電量販店で働き始めた。

不二男は地方の高校から出てきて難関と言われる私立大学の英文科に入った。英語力を買われ入社三年目に米国に駐在し、その後シンガポール、英国と赴任し、会社生活の三分の一を海外で過ごした。駐在手当は国内の給与よりはるかに高く社内の仲間からも羨ましがられた。入社した頃から海外進出が重要戦略となり前例のない仕事を任されることが多かった。新しい仕事の準備のため毎回大量の本を読んで勉強し夜遅くまで働いた。不二男のプロジェクトは顧客の評価も高く社内表彰を二度受けていた。

不二男の父親は仕事熱心だったが、中小企業の会社員で収入には限りがあった。不二男が小学四年生の時、公営団地が抽選で当たった。風呂なしの木造アパートから移り、水洗トイレに感動したが賃貸であることには変わりなかった。それでも母親が働きに出て学資を蓄え東京に送り出してくれた。父親は六十過ぎになってやっと退職金をつぎ込んでマンションを買ったが、七十になる前に他界した。マンションが唯一の遺産になった。父の一生は豊かな暮らしとは縁遠いものだった。それを思うと自分は恵まれていた。入社後はずっと業績好調で担当した業務でもほとんど失敗がなかった。一生懸命やれば誰でも成功できる、頑張ってたどり着けない目標はないと信じるようになった。日本でも格差が広がりつつあると言うが自分は貧困の連鎖から逃れられたつもりだった。だが油断できない。いつまた貧しい集団に滑り落ちてしまうかもしれない。浩一が正社員にでもなれば先の憂いはもうない。あとは退職金と年金を合わせればなんとかなるだろう。退職を求められるまではそう考えていた。

浩一には物足りなさというより腹立たしさを覚えていた。赴任先の英国では現地の学校に入るのを嫌がったので日本人学校に通わせた。あの時無理にでも現地校に入れてしまえばバイリンガルになっていただろう。英語にも海外の文化にも浩一は全く興味を示さなかった。日本人の友達とテレビゲームをして漫画を読み六年間を過ごした。帰国子女として私立の高校に入学したが、成績は三年間ずっと中の下のままだった。なぜ勉強を嫌がるのか。得るものの少ないゲームなどに無駄な時間ばかりを費やすのか。真面目に学べばそれが全て知識となり評価されるのに。周りに認められるように頑張って良い成績を出すこと。それが大事。独り善がりでは受け入れてもらえない、良い機会も巡ってこない。私を見ろ。そう言いたかったが口には出さないできた。

不二男は子どもの頃から誰に言われるともなく周りの状況をよく見て自分の居場所を確保してきた。学校でも会社でも仲間より良い成績を出すことを目標にしてきた。先生も上司も常に公平に評価してくれる。周りの雰囲気を察して先回りして頑張る。人に言われなければわからない者は愚かだ。けれども会社では自分より明らかに能力の劣る上司たちが何人もいることに気づいた。なぜあの程度の知力で統括部長になれるのか。付き合い上手や上にへつらっている者ばかりが昇進している。不二男には特に親しい上司や役員がいない。それが裏目に出たのか。努力など無意味だという教訓を浩一は俺から学ぶのか。笑いものもいいところだ。失笑だ。失笑、失職。

退職を示唆されたと妻の陽子(ようこ)に話したのは二度目の面談の後だった。聞き終わった陽子は何も言わない。折々の場面で妻が見せる一番普通の反応だった。それが無関心からなのか、意図的に意見を言わないようにしているのかわからず、いつも苛立ちを感じていた。昔はこれほど口数の少ない女ではなかったような気もするが思い出せない。結婚前から無口だったのか。ある時から寡黙になってしまったのかもしれない。だとしたらいつからだったのか。何が理由だったのか。二人の行き違いの橋梁が徐々に積み上がった結果崩落したのか。不二男にはかなり以前から気になっていたことがあった。台所に向かっておはようと言い、帰宅してただいまと言っても陽子はわずかに頷くだけだった。おはようもお帰りも言わない。どうして無視するんだ。その問いを口に出すことはなかった。

六月の初め。夕食の片付けをしながら陽子が尋ねた。二十日は夕方までには家に帰ってくるわね？　退職の日が七十五周年の創立記念日であることは妻も知っていた。急ぎの仕事がない者は昼休憩のあと早退するのが記念日の習わしだった。不二男も明るいうちから仲間と飲むのが楽しみだった。今年は違う。お祝いどころか呪いたかった。どこかで一人、飲み潰れてしまいたい。

いや、まだわからない、と話すと、陽子の顔つきが変わった。そう。浩一と紗希(さき)に休めないかって話をしたんだけど。まぁ好きにしてください、それだけ言って妻はまた食器を洗い始めた。

陽子が口を開くのは質問をする時と不二男が何か家事について失敗をした時だけだった。質問は毎週一回日曜の夕方。今週の予定を聞かれた。外食が何曜日かを知るためだ。家事の妨げへの苦言は度々受けた。ポケットに入れたままのティッシュが溶けて洗濯物にくっついて洗濯をやり直した。昼食を一人で作ったあと、フライパンを洗い忘れた。陽子の外出中に開け放した窓から雨が降り込み畳が濡れた。家の中で余計な仕事を増やさないこと以外、不二男の行動には興味がない。

夕食時は二人さし向かいで一言もしゃべらずに食べている。自宅で一緒に酒を飲むことさえこの七、八年はなくなった。たまには二人で飲もうとワインの栓を抜いても私はいらない、が陽子のいつもの反応だった。ただ、時々冷蔵庫に飲みかけのワインやカマンベールチーズの残りを見かける。恐らく陽子は一人で飲んでいる。干しいちじくや生ハムの買い置きがいつの間にかなくなっている。恐らく陽子は一人で飲んでいる。結婚記念日や誕生日に外食しないかと誘っても別に行きたくない、お金もかかるしと素っ気なく返事される。夫としての存在を否定されたような気になる。沈黙の夕食時、そんなに俺と一緒に居たくないのなら、と喉から出そうになるのをぐっと抑えてきた。

質問と苦言以外に会話がない夫婦なんて夫婦じゃない。ドラマのようなしゃれた会話がしたいのではない。暑い日に帰宅して、今日は暑かったなと言い、ほんと、暑かったよね、と返ってくる、今日何か食べたいものある？　とたまに聞かれる、そんな会話がしたいだけだ。あれこれ悩んで買ってきた妻へのプレゼントはそのままクローゼットに仕舞われる。出張先の土産も一切手をつけないまま賞味期限切れになった。体の交わりも途絶えて久しい。

まぁ好きにしてください。不二男は陽子の言葉を反芻した。家での退職祝いを陽子が考えてくれていたとは想像もしていなかった。少し前に見た生命保険だったか住宅メーカーだったか、テレビのＣＭを思い出した。長年サラリーマン生活をしていた男がいよいよ定年退職となる日、職場では同僚から拍手で見送られ、自宅に帰ると家族親戚が盛大なパーティーを用意して待っていてくれる。会社人生を全うした男の満足そうな笑顔。頬笑んで迎える妻と子ども、年老いた父母。人生のひと区切りにふさわしいセレモニー、そして第二の人生のスタート。そんなハッピー・エンドはない。俺は会社からゴミのように捨てられる。無庫川の顔が脳裏に浮かんだ。

あの日「新陳代謝」と無庫川は言った。早期退職者募集の案内文にも「新陳代謝」と書かれていた。新陳代謝。古くなった細胞が新しい細胞に置き換わる。会社を生き物に見立てて企業の成長が衰退がなどと論じる。会社など動物でもなんでもなく、社会の取り決めが生んだ機能に過ぎないのに。会社という化け物がかゆい所を爪で引っ掻く。俺は古くなった細胞。皮膚の垢がこすり落とされる。新陳代謝。組織の老廃物。代謝。退社。退職。

今すぐじゃなくていいんだ。契約期間が終わるまでは住んでていいから。そんな風に言おう。不二男は紗希に伝える言葉を考えながら赤羽駅で降りた。駅のすぐそばのワンルームマンションに紗希は住んでいる。浩一より二つ年下の紗希は今年の春大学を卒業した。

二ヵ月前に袴姿で卒業式を済ませたばかりで、その日は久しぶりに陽子と二人で卒業式に参加した。思えば娘の卒業を狙っていたかのような退職勧奨だった。

紗希は一年以上就職活動をして五十社以上に応募したが、どこからも内定をもらえなかった。次々に届く不採用の知らせに嫌気がさし応募を諦め、二年生の秋からやっていたアルバイト先のボウリング場でそのまま働き始めた。——大学三年生になった夏のある日、一人暮らしをしたいと紗希が言いだした。結婚するまで一度も実家から出たことがない陽子は、思いとどまらせようとした。大学は池袋にあり、家から一時間もかからない。どうしてわざわざ一人暮らしをしたいのか。都会の一人住まいを心配しない母親などいない。紗希は高校時代からアルバイトを始めていた。ファストフード店の店長からは接客の上手さを褒められた。自宅にいるよりも外にいて何かしているのが好きで浩一とは対照的だった。

一人暮らしの経験がある不二男は、自分のことは一人で全てやる、そういう経験もいいんじゃないかと言った。浩一に対する言動と比べ紗希には甘いと陽子はなじった。陽子が無口になったのはあの時からかも知れない。あるいはそれよりもずっと前だったか。

議論と言うほどのやりとりもないまま三人でマンションの下見をした。紗希は池袋の大学にひと駅で行ける赤羽に住みたいといい、下調べもしていた。一度決めたら容易には曲げない質（たち）だった。オートロック付きを選ぶように勧めたのは陽子だった。それは十五階建ての高層マンションで案内された物件では一番駅から近い。デザイナーズマンションという触れ込みでスタジオタイプだった。家賃は八万円で物件中一番高い。この一年半、家賃と生活費を合わせ毎月十五万円送金していた。収入に余裕があったためこれまではなんとかなった。就職したら家賃も生活費も紗希の給与で賄うこと、自己負担分は徐々に増やしていくというのが最初の約束だった。徐々にどころか不二男の方から約束を破ることになった。

　待ち合わせのファストフード店に三十分も早く入った。三つ並んだレジを前にして何を買うか考えていたら、どうぞこちらへと呼びかけられた。カウンターの向こうに五十代後半に見える女が立っていた。この類いの店にはひどく不似合いだった。女はいらっしゃいませ、とこわばった笑顔で挨拶した。大きな老眼鏡が顔半分を覆っている。レンズのせいで目が異常に大きく見える。何かの罰として晒し者になりながらも耐えている、そんな笑顔だ。笑いが眼尻のしわを目立たせる。ぎこちない手つきでコーヒーをカウンターに置いた女は、ご注文は以上でよろしいでしょうかと言う。マニュアル通りの作り笑顔。その笑顔で、あんたももうすぐ晒し者、と言われた気がした。紙コップを手に固い樹脂の椅子に座る。しばらくすると両脇のテーブルに女子高生が二人ずつやってきて座った。スカートのタータンチェックでそれぞれ違う高校だとわかる。右隣の会話が最初に耳に入ってきた。

早くね？　ヤバイんだよね……。ボブカットの女子高生が男のような口調で話しつつ、クシで前髪をしきりに梳き下ろす。つれあいの少女はフレンチフライの特大サイズを頼もうかと迷っていた。食べようよ、百円しか違わないじゃんとボブカットが言う。

ファストフードの店はいつも若い女たちで溢れている。大盛りのフレンチフライを食べ、ソフトクリームを食べ、景品付きのハンバーガーを食べる若い女たち。自分はコーヒー一杯だ。日本の消費を支えているのは間違いなく彼女たちであって、俺ではない。だがその金は誰の金だ。アルバイトか？　親からの小遣いか？　親はあと何年働ける？　高校の次は大学か、専門学校か？　誰が学費を出す？　それとも就職か？　就職、失職、失笑、消費。

左隣の女子高生は友人の新しい男友達について知りたがっている。聞かれた少女は長身で髪を胸の辺りまで垂らしている。昨日電話で三時間くらい話してたの、と頬を両手で隠す。恥ずかしそうに。嬉しそうに。聞き役の少女は、えぇー、いい男だなぁ、本当に、何なんだぁもぉー、と大きな声を上げる。その声にかぶさるように右の席からボブカットが笑い声を上げた。別につきあいたいと思わないし！　四人の少女の会話は花火大会の終盤のようにテンションが上がってゆく。不二男は嬌声の十字砲火を浴びた。

派手な女が店内を横切る。目の粗い網タイツに尻の肉がはみでた極小のショートパンツ。濃い化粧。早口でスマホにしゃべりながら片手で食べ残しをゴミ箱へ流し込む。そのまま大股で出て行った。一分も経たないうちにその女が戻ってきた、と思ってよく見ると紗希だった。素足にミュール。水色のショートパンツを穿いて臍が見える短いTシャツを着ていた。

「早っ、もう来てたんだ。あたしこれからバイトだからここで食べてくよ。なんか買ってくる」

そう言って紗希はカウンターへ向かった。すぐに透明のカップにたっぷりのチョコクリームが入ったパフェと、フレンチフライをトレイに載せて戻った。

「仕事はどうだ、忙しいか」

と尋ねると、

「まぁ忙しくないとクビになるからこんなもんっしょ」

と返された。バイトから正社員になる道もあるんじゃないか、と言おうかと思ったがやめた。

「部屋で何か作って食べたりもするのか?」

「まぁたまに。でも駅近でコンビニもあるからそれで助かってる」

コンビニは割高だ、スーパーの方がいい、とも言いたかったがそれも言わなかった。それからやっと不二男は会社を辞めることを話し出した。

「これまで通りにはできなくなるんだ。いつ再就職できるかわからないし、できたとしても収入は相当少なくなると思うんだ」

フレンチフライをつまんだ紗希の指が止まった。

「いつ辞めるの？」

「六月の下旬だ」

「え。あと一ヵ月ちょっとしかないじゃん」

「今すぐじゃなくていいんだ。契約期間が終わるまでは住んでていいから。バイトの収入でやれるんなら続けて住んでいてもいいよ」

「はぁ？　家賃払えるほどバイト代ないし。家に戻るしかないよ」

と紗希は目を伏せた。不二男はほっとした。赤羽駅の周辺はこの地域では有名な歓楽街だ。夜はキャバクラやマッサージの店が看板を出し、中国系の女性の客引きも出る。もし夜の仕事をする気になればマンション生活も続けられるだろう。さっき出て行った極小パンツの女の尻を思い出す。紗希はそこまでして自活したいとは考えていない。陽子も戻ってくるのを喜ぶに違いない。

「まぁ、今日はそのことを言っておきたかった。マンションの手続きとかはまたそのうちに話そう。これまであまりトラブルはなかったけど、まぁ、こういうことも世の中にはあるんだと、そんな感じだ」

「そう？　私なんかこれまでずっとトラブルだらけだよ」

ため息交じりに紗希は立ち上がった。

「じゃあバイトに行く」


紗希の背中を見送って残りのコーヒーを喉に流し込む。焦がし過ぎの焙煎の香りが鼻を刺激する。ひどく疲れていた。私なんかこれまでずっとトラブルだらけだよ。紗希の言葉が胸に刺さった。中学生になってから紗希は不二男に話しかけてこなくなった。あの頃に親としてもっとするべきことはなかったか。子どもの様子をもっと気にかけるべきだったのか。自分の若い頃は親から干渉されることはなく、それでも父親のしていることは横目で見ながら生きてきた。自分にとってより良い進路は何かを考えた。準備して、選んできた。だから子どもの進学先についてもどうしろとは言わなかった。受験勉強をやっているようには見えなかったが勉強しろとは言わなかった。頑張ってほしいと思いつつも口出ししなかった。それが紗希や浩一には無関心な父親と感じられたのか。今のような状況に追いやってしまったのは自分ではないか。

店を出ると前の広場に人が集まっていた。板敷きの小さいステージで若い男と女がライブ演奏をしていた。ジーンズの男がアコースティックギターを鳴らしている。晒した麻の長いワンピースを着た女が歌っている。飾り気のない歌い方が生成り色の服と長い髪に似合っていた。どうぞゆきなさい、と女は歌った。君と好きな人が百年続きますように。
百年続くものとは何か。創立七十五周年の会社か。社員の整理解雇をしてでも会社は百年生きようとするのか。株主に損失をかけるよりも社員をクビにするのが正しい生き方なのか。人は百年生きられてもいずれ死ぬ。人より長く会社が生き続けて誰が幸せになれるのか。どうぞゆきなさい。俺にどこへ行けと言うのだ。お先にゆきなさい。新陳代謝。彼女は裸足だった。雨はやんでいた。

退職前日の昼休み、不二男はホテルのレストランへ向かった。事務所のある港区海岸通りは浜松町から七、八分歩いたベイフロントにある。バブル最盛期に開発されたしゃれたビジネス街で二十階建てのビルが港湾に面して四つ並び、名の知れたコンサル会社や大企業が入居している。一番見晴らしの良い角地にあるホテルへはそれぞれの二階を横に繋げたウォーキングデッキを使う。船の甲板を模した板張りのデッキからレインボーブリッジが一望でき、夜はデートスポットに様変わりする。港湾らしさをさらに印象付けるためか帆船のマストを模した高さ三十メートルの塔が中央広場に据えられている。帆柱に二本の帆桁が取り付けられ遠くから見ると帆船が停泊しているように見える。高い方の帆桁にはなぜか等身大の海賊が飾られていて夜昼なく湾を眺めている。

　ホテルの最上階に着く。レストランの入り口で黒いスーツの女性が微笑む。いらっしゃいませ、お一人ですか。おタバコはお吸いになりますか。二つの問いにそれぞれ、はい、いいえと答え窓際の席に案内される。お一人ですか。そうです。これからはずっと一人です、たぶん。何度か二人で来たことを思い出した。岩下裕美子の顔が浮かんだ。時々ここで一緒に食事をした。同じ事業部で広報の担当をしている。四十代後半で小柄だが鼻筋が通っていて美しい。長い髪が似合う。五年前に離婚して高校生の娘を育てている。元夫の松井将人のことも不二男はよく知っている。二人とは前の職場で不二男と一緒だった。二人の結婚披露宴にも招かれていた。二人が別れたのは将人の浮気が原因だった。自分より五歳若い将人はヘッドハンターにスカウトされて外資系企業に転職し、そこで新しい女と出会った。将人の言によれば浮気ではなく本気であり、どうしても裕美子と別れてその女と結婚したかったらしい。裕美子のような美しく気品ある女を見限る後輩の思いは摑みかねた。この店で何度か裕美子の相談に乗った。と言うよりも松井将人との関係を修復できないかと思い自分から提案したのだが裕美子の方も意志は固かった。そもそも裕美子には何の落ち度もないのだから、説得するというのも筋違いだった。

　ホテルの二棟隣のビルが不二男の事務所でそこからも東京湾が一望できる。海外も含め様々な事務所で仕事をしたが、その中では最高の環境だった。夜は黒々とした海面にベイエリアの銀灯が揺れ映り、レインボーブリッジを支える鋼のケーブルも数学的な曲線を描いて二並びの星座になる。ここで残りの会社人生を過ごせるのは運がいい、とつい最近まで考えていた。

晴れた日には東京湾越しに千葉のコンビナートまで眺望できた。二年前の大震災の日はそのコンビナートがオレンジ色に燃え上がっていた。不二男のいた十九階も激しく揺れた。高層ビルの構造上、長い時間にわたって左右に揺れ続け、ベイフロントどころか洋上で嵐に遭遇した船上のようだった。壁面に並んだスライド式の書棚がレールを滑り、右端で、次は左端でとぶつかり合い、大きな音をたてた。十二年前に米国で起きた同時多発テロの光景が浮かび、床が抜けて瓦礫とともに落下すれば数秒後の絶命さえありうると覚悟した。大震災から二年が経ち、今や東京にいる限り震災を思い出す断片を普段の生活から見つけ出すことは不可能に近かった。

この場所での思い出にと一番高いコースをオーダーしたものの、メインの炭火焼和牛の味すら記憶に残せそうになかった。ありがとうございました、またどうぞご利用ください。黒スーツが微笑んだ。彼女は震災の日にもここにいたのだろうか。いや、どうでもいいことだ。無言で店を出た。もう来ることはなく、来たいとも思わないだろう。ウォーキングデッキへ出て港湾を見下ろした。潮の香りがした。

その晩、浜松町駅近くの居酒屋で五人の仲間が開いてくれた会が唯一の送別会となった。事業部の中で不二男がリーダーだった研究会のメンバーたちだ。ＩＴを駆使して人の行動を記録して分析し、業務の効率化を提案する手法を研究していた。二週間前、退職を仲間に伝えると皆が驚いた。選択の余地はないと知り送別会を申し出てくれた。花束は遠慮したいとの頼みは受け入れられ、その代わりに万年筆が贈られた。ペン軸に不二男の名前が刻まれていた。離別を惜しんでくれる仲間がいることが嬉しく、注がれるまま杯を干し宴の終わりにはかなり酔った。店を出て仲間と駅に向かおうとしたが思い直し、今日はありがとう、少し酔いを醒ましたいから寄り道すると告げ、海岸通りへ戻った。ウォーキングデッキからの東京湾の夜景をもう一度見ておきたい。

中央広場を抜けてデッキに向かおうとしたところ、工事中のフェンスに阻まれた。マストをぐるりと囲んだフェンスのため広場を横切れなくなっていた。そう言えば昨日通った時にヘルメット姿の作業員を見かけた。金網越しに見るとマストの根元にアルミ製の脚立が掛けられていた。マストの補修工事でも始めたのだろうか。マストの三メートルの高さから上には鉄梯子が溶接されている。置き去られた脚立を使えば梯子に手がかかり、そのまま上まで登れそうだ。

このマストから飛び降りたら無庫川は俺の事を一生忘れられなくなるだろう。もしかしたら新聞が取り上げてくれるかもしれない。大企業だけに人目を引くだろう。あるいはもみ消されるか。酔った頭でマストから両手を開いて飛ぶ姿を描いてみた。いつか映画でそんなシーンを見た。どうぞ行きなさい。お先に行きなさい。フェンスをよじ登って向こう側に降りるのは簡単だった。マストに近づく。はっとして足を止めた。マストの脇に誰か寝ている。

男が半透明のビニールシートにくるまって寝ていた。広場に住み着いているホームレスだろうか。これまでもデッキの植え込みやベンチに段ボールを敷いて寝る男を二人三人見かけた。俺も仲間に入れてもらうか。男に近づいた。様子が変だ。頭と胴、足の周りにガムテープが巻かれている。死体。不二男は足がすくんだ。いや待て、そんなはずはない、都心の公園だ。こんな目立つところに死体を置く者などいない。もう一度見る。人形だった。紺色のセーラー服を着た水兵。見あげるといつもの海賊は帆桁に立っている。そうか、海賊を水兵と取り換えるのか。古い海賊を引きずり降ろし新しく水兵が立つ。新陳代謝。たぶん海賊が取り外される明日、俺もマストを降りる。いや、降ろされる。降ろされるのを待つよりは自分から一緒に降りようか。人形の横にあった工具箱を開ける。モンキーレンチが見つかった。背広の内ポケットに入れた。脚立に手を掛ける。

普段ライトアップされている広場は工事中のため薄暗いから上まで登っても誰も気づかない。手と足を交互に出して登る。怖さは全く感じない。海賊が立っている帆桁に着いた。帆桁の根元は幅二十センチほどの足場になっている。柱を挟んで海賊が左、自分は右に立った。下を見た。相当な高さだ。落ちても途中で引っかかるものは何もない。真っすぐ広場のコンクリートに激突する。その瞬間はどんな気分だろう。何秒くらい意識が残るのだろう。海賊を見た。雨風に晒され顔も胴もひび割れている。ささくれた目で海の無頼漢が遠くを見ている。視線の先には白く光るレインボーブリッジ。レインボー。「虹の彼方に」という歌があったな。子どもの頃テレビで見たミュージカル映画だ。悪い魔女は家の下敷きになって死ぬ。なんだ。今思い出すような話じゃないだろう。

　背広の内ポケットからモンキーレンチを出した。海賊は足元をボルトで固定されていた。ボルトは銀色に輝いていた。人形とは異なり防錆仕様なのだろう。百年使えるものもあれば交換が必要なものもある。新陳代謝。六本のボルトにナットが二段になって嵌(は)まっている。レンチで挟んで回してみるがびくともしない。まあそうだろう。簡単に外れるようでは危険極まりないからな。不二男は右手でレンチを握り左手でレンチの柄(え)を叩き振動を加えながら回してみた。手ごたえがあった。ナットは抵抗しながらも少しずつ回り始めた。

　ナットを全て外すのにどれくらい時間が経っただろう。さっき背後に見えていた東京タワーは照明を落とし、闇の中だった。ひび割れた海賊が笑っている。老海賊よ、お前は新人の水兵と交代だ。お前に用意できる仕事はもうない。肩たたきしてやる。海賊の肩に手を置いて揺すった。体が前に傾いた。もう少し力を入れればボルトから抜けて落ちる。俺はこんな奴と抱き合って心中するのか。なんでなんだ。涙が流れ、気が遠くなった。足元がふらついて海賊を抱いた。ボルトと穴がこすれ合う。鈍い金属音が夜空に響く。海賊が大きく傾く。頭から落ちかけた。とっさに左手で柱を摑む。海賊は逆落としで地上へ落ちていった。

その日がやってきた。節目の七十五周年にもかかわらず、今年は功労賞などの表彰式は取りやめとなっていた。表向きは経営状況の悪化が理由だが、大規模なリストラにより社内の雰囲気が悪いためなのは明らかだった。十二年前にも業績不振でリストラを行ったがその翌年は記録的な経常利益を出したことを覚えている。一年で回復する程度ならばリストラなど行う必要があったのかとあの時思った。昨日の夕方、人事異動が発表された。早期退職者は五百人もいた。全社で三万五千人、そのうち六千人弱いる管理職の約一割が退職する。させられる。不二男の事業部は五十五人いた。半分が不二男の顔見知りだった。

名前を見つけて驚き、席までやって来た同僚が何人かいた。そうなんだ、でも本当は辞めたくはないんだ。お前よりもよっぽど辞めた方がいい連中がいっぱいいるのにな。人事はいったい何考えてるんだ。彼らはしかし、周りを気にするようにすぐさま立ち去った。

ある同僚は自分の部で何が起きたかを教えてくれた。その職場では昨夕、統括部長が部員に集まるように告げて、退職者が挨拶する機会を作った。ねぎらいの思いからだったのだろうが男の挨拶は聞くに忍びなかったという。初めは明るく振る舞っていたものの徐々に表情が暗くなり、なぜ自分が辞めなくてはならないのか、今でもわからない、辞めたくない、と嗚咽交じりに話し、皆俯くばかりだったという。

三日前、不二男は逆橋統括部長から、お別れの挨拶はなしということで了解願いたい、と言われていた。三十三年勤めた最後の日に、誰にも挨拶せずに去れ、が不二男への最後の指示だった。自分に降りかかるリスクを常に回避する逆橋の狡猾さを改めて思い知った。

その逆橋が腰をかがめてそっと近づいて来た。黒い紙筒を手にしていた。これ永年勤続の表彰状。まあ元気でやってくれ。汚いもののように差し出す。受け取ると目も合わさずに離れていった。その場でゴミ箱に投げ込みたい衝動をなんとか抑え、紙袋に荷物を入れ始めた。自宅から持って来ていたハンガーとマグカップ。その袋に紙筒も入れた。不二男はコーヒーが好きで、このマグカップで毎朝飲んだ。ステンレスボトルからお湯を注ぎペーパーフィルターで淹れる。ごみ捨てのある給湯室ではなく自席で淹れるようにしていた。できたての芳香を周りにもお裾分けする。そんな朝の儀式を思い出す者など誰もいないだろう。

不二男は何度も草稿して仕上げた同僚宛のメールをもう一度読み返した。上司たちの冷淡な対応を詳細に綴って事業部の五百人全員に一斉送信しようかとも思ったが、思いとどまった。見苦しいことはしたくない。古い職場も含め、限られた友人への感謝と別れの言葉にとどめた。私の最後の挨拶だ、みんな受け取ってくれ。送信ボタンを押す。パソコンの電源を切る。デスクをウェットティッシュで丁寧に拭いた。社給のノートパソコンはサービスセンターに返さなくてはならない。社員証と健康保険証、そしてセキュリティカードも。全てが終わったら昼休憩の十分前になっていた。

これで終わりだ。休憩になれば騒がしくなる。今すぐ出よう、そう思って紙袋を摑んだ。このあと創立記念日の社長メッセージが放送され、ビールと乾きもので慰労会が始まる。そんな所にいたくない。席を立って歩き出すと通路の向こうから岩下裕美子が歩いてくるのが見えた。真っすぐに目を合わせてやって来た。不二男の前で立ち止まる。深くお辞儀をする。不二男も頭を下げる。

「岩下さん、どうもお世話になりました」

「今、メールを見ました。こちらこそ、お世話になりました。もう行かれるのですか」

「はい、行きます。お元気で」

もう一度頭を下げる。

「どうぞお元気で」

裕美子が道を開けた。

自動ドアが開く。毎朝くぐった入り口がこの瞬間、戻ることのない出口となった。裕美子が後を追って来た。エレベーターの前。無言のまましばしの時が過ぎる。扉が開き一人で乗り込む。扉が閉まるまえに目が合った。裕美子が深々と頭を下げる。扉の向こうから休憩のチャイムが聞こえた。

事務所を背に駅に向かう。大小のビルから昼食に出てきた大勢のサラリーマンに交じって。紙袋一つぶら下げて。二度とこの街には来たくない。この駅ももう使いたくない。改札を通る。ホームへの階段を上がる。途中で急に立ち止まる。わずかの後、不二男は向きを変えて階段を下りた。ステンレスのごみ箱の前に立つ。摑んだ紙筒を「その他のゴミ」の口に放り入れる。勢いよく。

駅を出て平日の住宅街を歩く。見慣れた地元の風景がいつもと全く違うように感じられる。家に着きドアを開けた。陽子が台所にいる。浩一と紗希が居間にいる。二人ともアルバイトを休んで待っていた。正社員になれない息子と娘。子どもが生まれた頃、そんな時代が日本に来るなどと想像もしなかった。どこでどう間違えたのか。何が変わったのか。日本の労働者の三分の一はすでに非正規社員だ。そして今後も増えるという。非正規の

「非」の文字を被せられた子どもらにどんな非があるというのか。正しくないとされた者は正しい者に引け目を感じながら一生を過ごすのか。今日から俺は失業者だ。職のない者と正しからず働く者が住む家。それが俺の現実だ。

食卓にはビール、ワイン、大きな寿司桶、ローストビーフ、スモークサーモン、サラダが並べられた。少し贅沢な平日の午餐。陽子が言った。

「さあ、始めましょう」

捨てられる側の論理

民間会社による再就職支援サービスについては退職前から説明を受けていた。無料のサービスであること、就職が決まるまで無期限に利用できること、会社間契約により早期退職者だけが使える特別な支援サービスであること。お前はクビだと言う一方で恩を売る人事部の姿勢に偽善を感じた。世間の批判を和らげる方便。懐柔。退職後しばらくは何もする気になれなかった。平日に庭仕事をしていたら、今日はお休みですかと向かいの主婦に尋ねられた。ええ、まぁと言葉を濁しつつ顔がこわばった。出歩けば近所の住人と挨拶せざるを得ない。そのたびに今の立ち位置を思い知る。いっそ欧州でバックパッカーの旅でもしようか。いや、だめだ。出費がかさむ。この先いつ仕事に就けるのかわからない。そもそもどうやって仕事を探せばよいのか分からない。いたたまれなくなって再就職支援会社に電話した。七月の初めだった。

再就職支援会社の東京サービスセンターは新橋駅から歩いて十分ほど、高層ビルの中にあった。指定時間に到着すると、まず就活者向けのセミナーを受けさせられた。若い講師の口調は丁寧だが早めに就職することが重要だと強調する。

長い間お勤めされていた方ほどこの機会に少し骨休めしたいと思われるようです。お気持ちはよくわかります。けれども譬えは悪いのですがと前置きして、ご自身を作りたてのお惣菜だと考えてください、と説明した。スーパーに並んだ惣菜は売れ残ると三割引きや半額のシールが貼られる。それと同じで何ヵ月も無職のままだと足元を見られると警告した。

これから皆様にお引き合わせするキャリアカウンセラーは再就職されるまでマンツーマンでご支援いたします。期限はありません。どんなことでもご相談ください。またどうしても合わないという方は別のカウンセラーに替えることもできます。スタッフが名刺サイズの登録カードを配る。カードの番号を使えば専用のインターネットサイトで求人情報を検索できるらしい。

その番号を呼ばれてスタッフに案内され個室に入った。不二男を待っていたのは初老のほっそりした女性だった。

「諸江さん、どうも初めまして、金井静江（かないしずえ）と申します」

女性カウンセラーはにこやかに挨拶し名刺を差し出した。自分より少し年上に見えた。襟の辺りで切り揃えた髪は艶がなく毛先が麦わら帽子のように広がっていた。「どうぞお座りください」と大きな椅子を勧められた。背もたれが高くて座り心地が良い。資金が潤沢な会社が揃えそうな最新型のビジネスチェアだ。個室には椅子四脚とパインウッドのテーブル、その上にパソコンが一台置かれていた。

「お会いできるのを楽しみにしていました。諸江さんが新しいお仕事に就かれるまでご支援させていただきます。まずは、やはりこれまでの諸江さんのお仕事について、振り返りというか、最終的には職務経歴書を作っていただくのですけれど、自己紹介的にお話をしていただけますでしょうか」

不二男は長く海外企業との事業提携や支援を行ってきたこと、もともとはシステムエンジニアとして採用されたがプログラミングは好きになれなかったこと、ここ数年は国内の顧客の業務課題をＩＴで解決するコンサルティングをしていたことなどを説明した。

「そうですか、海外赴任を三度も、とても素晴らしい経験をお持ちですね。これほどのご経歴ならきっと良いご縁が見つかると思いますよ」

そう言われて不二男は少しほっとした。年齢から察すると長くカウンセラーをしているのだろう、色々と助けてもらえそうだ。

その日から不二男は定期的に東京センターに行くようになった。会員専用のＷＥＢサイトには何千件もの求人情報が登録されていた。検索して興味を持った求人についてカウンセラーと相談した。職務経歴書の書き方のセミナーや面接の練習などにもできる限り参加した。職業適性診断も受けてみた。この年齢になって適性診断などしてもとは思ったが、好奇心も手伝って真面目に取り組んだ。診断結果は後日、金井静江から伝えられることになっていた。

しばらく何もしないつもりだったが、辞めて二週間後には就職活動を始めていた。在職中、やるべきことが多くあり色々な打ち合わせの予定でいっぱいだった手帳は退職の日からあとの二ページが真っ白だった。セミナーであれテストであれ何か予定を書き込むことで少し安心できた。まだどんな仕事に就きたいのか自分でもよくわからなかったが、とにかく何かしていないと落ち着かなかった。

「これが職業適性診断の結果です」

二日後に金井静江から渡されたのは百ページぐらいの分厚いファイルだった。適性診断はWEBにログインして色々な質問に「はい」か「いいえ」で答えるものだった。質問の数は結構多かったがこれほど膨大な資料になるとは思ってもみなかった。いったいどんな仕組みで分析するのだろう。中を開いてわかったのは不二男自身の適性についての分析は十ページほどで、あとは診断基準や様々な職業についての解説だった。金井静江によると、過去に何万人という社会人にアンケートを行い、その結果からどういう職業の人にはどんな性向や働き方の好みがあるかを分析、その統計データを使って被験者の適性を判定すると言う。

「これまで百万人以上の診断を行い、信頼性の高い結果が出ています。諸江さんの適性度第一位は……。心理カウンセラーと出ています、ただ、臨床心理士になるには大学院で専門の勉強をしてさらに一年の実務経験を積んだ後で資格試験に合格しなくてはならないのです」

「つまりこの歳では無理、ということですね」

と聞くと金井静江は微笑んだ。

「適性診断は年齢に関係なくあらゆる可能性について診断します。絶対不可能というわけではありませんが、やはり、これから三年かけて学ばれるとお幾つになられるでしょう、その上試験に合格するとは限らないわけですから」

信頼性が高いと言いながら、歳を考えろという。では何のために検査をするのだと聞き返したくなるのを抑えた。諸江の心を読んだように金井静江が続けた。

「ここに上がっている職業リストは参考としてご覧いただくのが良くて、このリストから選びなさいというものではないのです。やはり、年齢と経験に応じた市場価値の方が優先されますから」

リストには一位から二十位まで適性の高い順に職業名が並んでいた。バイヤーやインテリアコーディネーター、秘書、栄養士など。十九位には弁護士とあった。どれも不二男の職歴とは繋がりがない。上位には通訳・翻訳、作家・ライター、雑誌編集者など、出版業が上がっていた。子どもの頃は夢見たし文章を書くのは嫌いではないが今さらプロの物書きになどなれるはずもない。そもそも作家を募集する会社などない。七番目の「研修トレーナー」は不二男の気を惹いた。人にものを教える仕事、セミナー講師は悪くない。そういえば高校時代に小学校の教師になることを考えたこともあった。

その動機は小学四年生のクラス担任だった。三年生までは女性の担任が続いたが初めて男の先生のクラスになった。それまでの担任とは違ってああしなさい、こうしなさいとは言わないおおらかな先生だった。ある時廊下を走ったからと風紀係の六年生から違反カードを渡され職員室に行けと言われた。先生にひどく叱られるのではないかと恐れた。ところがカードを手にした先生はこりゃあなんだ、いらんぞぉこんなものと渋い顔を見せたあと笑った。あの時のほっとしたと同時に嬉しかった気持ちはずっと心に残っていた。高校三年の夏、その先生に進路の相談をした。そうか諸江君、じゃあ頑張れやと励まされたが教育大学は不合格だった。そればかりか滑り止めの大学も落ちて予備校に行く羽目になった。それでも予備校では発奮して受験勉強に打ち込み東京の有名私大に合格した。

地元で教師になる夢よりも東京に行ける嬉しさが勝った。けれども人に教える楽しさは仕事の中にも見出していた。海外赴任中、現地社員に日本的な段取りの重要性を教えた。

わかりやすいと評判が高かった。日本に戻って顧客向けのセミナーで事例紹介をした時も高い評価をもらえただけでなく、商談に繋がるセミナーの依頼を何度も受けた。とても気分が良かった。そうだ、「研修トレーナー」は自分に向いている仕事かもしれない。

「それから諸江さん、来週横浜で会社説明会と面接会があります。会社の採用担当者がやってきます。諸江さんの経歴にぴったりの会社を見つけましたから是非行ってください」

そう言って渡されたのは企業面接会の案内状だった。神奈川県の十八社の中小企業が参加する。その中の一社が海外経験者を探していた。大型の製図用プリンターを製造している会社だった。こういう求人はそう多くは出ない、チャンスだと言われ気持ちが動いた。

「諸江さんのことを横浜のセンターに連絡しておきますからね」

とカウンセラーは微笑んだ。自分のことを気にかけてくれていることが有り難かった。

横浜での企業面接会の日、不二男は横浜の関内（かんない）駅に正午頃に着いた。夏の日差しを真上から浴び、少し歩くだけで汗が噴き出る。面接会にクールビスでは失礼だろうとサマースーツにネクタイを締めていた。熱が服にこもって気分が悪くなりそうだった。二時間かかる横浜までの電車賃は往復で二千五百円を超える。これだけの金をかける以上無駄な面接会にしたくない。良い会社ならばすぐに決めて早く仕事に就きたい。海外で働けるかと聞かれればもちろんイエスだ。単身赴任になるかも知れないが構わない。駐在となればそれなりの処遇も期待できる。そうなればまた余裕のある生活に戻れる。もし決まればわずかひと月で再就職だ。逆橋や無庫川を見返してやれる。

受け付けを済ませて面接会場に入った。大会議室に長机が並び、すでに三十人ぐらいの男たちが座っている。見知った顔はいなかった。はじめに各々の会社から簡単な事業紹介が行われた。聞いたことのない社名ばかりだ。業種も製造、介護、学習塾、警備、特許調査など様々だった。説明を聞いても何が本業なのかわからない会社もあった。事務局からできるだけ多くの会社に当たってくださいと言われた。一回三十分でどれか一社と面談できる、アナウンスされたら移動する、これを五回繰り返す。

金井静江が勧めた製図用プリンターの会社のブースへ行って札を取った。番号は二番だったが一番札の男と同席するように案内された。向かい合わせで座った作業ジャンパーにネクタイをした男が製造部門の次長だと自己紹介した。自分とほぼ同年代に思える。

「では簡単に当社の事業をご説明します」

次長が口を開いた。プリンターはペーパーレス化が進んでいる現在、需要は頭打ちと思われがちだが実は様々な需要があり、今後も伸びると予想される。米国にプリンターの組み立てと保守サービスの拠点があり、その両方を管理できる工場長を探している。場所はアリゾナ州で、五年前に米国のプリンター製造会社を買収した。初代の工場長が定年退職するので九月に赴任してもらう。二ヵ月で引き継ぎをしなくてはならない。

「何しろ中小企業ですので、駐在員は工場長と製造技術担当の二名しかいません。幅広い仕事をお一人でやっていただくことになります」

次長は不二男と同席の男を交互に眺めた。

「では簡単にお一人ずつご経歴を伺えますでしょうか」

一番札の男が挨拶をして履歴書を次長に手渡した。その男は米国で半導体の工場で生産管理をしていた。会社の名前は不二男を意識してなのか告げなかったが、自己紹介を聞きながらもしやと不二男は思った。見覚えはないが、同じ日に退職した五百人の中の一人ではないか。米国に半導体の工場がある会社はそれほど多くない。生産管理と聞いて、次長はほぉと声を上げ笑顔になった。その後は専門的な言葉が次長と男との間で飛び交い不二男は一人取り残された。次長がしきりに頷いていた。

ひと通り話が済んだ後で次長は不二男を見た。

「ではそちらの方も、ご経歴をお願いします」

「はい、私も米国での駐在経験があります。欧州を含め通算で十年の海外経験があります」

次長がまたほぉ、と笑顔を見せた。

（いいぞ、優勢になったか）

「職務は現地エンジニアの育成と日系企業の生産システムの導入支援でした。お客様の現地子会社と本社の間に入り、プロジェクトをマネジメントする役割です」

「そうですか、生産システムに関わっておられた、ではＩＳＯ９００１による品質管理経験も？」

「いえ、ＩＳＯの概要は知っていますが品質管理そのものには関わったことはありません」

次長が目線を外したのがわかった。

（不利だ）

「ただ、私は新しい知識を身につけるのは得意な方で、これまでも新規のプロジェクトを任されることが数多くありました」

「そうですか、ありがとうございます」

事務局が入れ替えの時間ですと告げた。

「今日は時間も限られていますので履歴書をお預かりしまして検討させていただくことにいたします」

隣の男の面談時間の半分ほどしかなかったが、頭を下げて席を立った。会社の説明を聞いて不二男は興味を深めた。ＩＳＯ９００１の導入には膨大な管理マニュアルや帳票を用意しなくてはならない。製造工程をわずかに変えただけで様々な書式に記録を残し関係者全員の承認を取る必要がある。会社の業務効率が大きく下がるからと敬遠されがちな重たい規格だ。この会社がすでにＩＳＯを導入しているのは、管理にかける費用が十分あることを意味している。内部留保が潤沢なのだろう。優良企業だ。ここで働きたい。

翌日、不二男は金井静江を通じて製図用プリンターの会社に正式な面接の申し入れを依頼した。三日後に連絡があり、横浜市の本社での面接が決まった。それまでの間に不二男はできる限りＩＳＯ９００１について調べ、また大型プリンター市場の最新動向もチェックした。一番札の男と比べれば不利なことは予想できた。だがあの男が応募するとは限らないし、半導体の製造とプリンターの組み立てでは全く生産工程が違うから圧倒的に不利と言うこともないはずだ。不二男は技術者がいきなり国内のやり方を押しつけて現地の反感を買い、短期間で交代したケースを知っていた。自分は得意とする英語力で現地社員と密接なコミュニケーションができる。ただ工場長という役割はかなり重責だ。未経験でも務まるだろうか。採用されない不安と新しい仕事への不安を同時に感じた。その相克する不安を強い思いで打ち消した。

大学卒業以来三十三年ぶりの会社訪問を終えたあと、不二男はどうやって家まで戻ってきたかはっきり思い出せなかった。色々なことが頭に浮かび眠れなかった。翌朝、金井静江にすぐ会いたいと電話した。今日は予約が詰まっているので、別の日にと言われたが五分だけでいいからと食い下がった。

「では十二時十分前においでください、手短にお願いします」

相手の返事が終わる前に電話を切った。

支援会社の個室に通されて五分ほど待った。入ってきた金井静江を真っすぐ見て不二男は言った。

「いったいどういうことですか。昨日横浜まで行ったのに、私と面接するつもりはなかったと言われましたよ」

平静さを保ったつもりだったが声に怒りが交じった。キャリアカウンセラーの金井静江は顔を曇らせた。

——昨日、不二男は製図用プリンターの会社を訪問した。電車を乗り継ぎ横須賀線の戸塚駅で降りて徒歩で二十分。家から二時間かかった。約束の時間に余裕を持って到着し通用門のインターホンで名前を告げる。女性の声がお待ちください、と応答したがなかなか入れてもらえない。炎天下で待たされていると制服と思われるベストを着た若い女性がやって来た。玄関を入ったホールの脇にショールームがあった。インターネットで見た大型プリンターが何台か並べられていた。こちらでお待ちくださいと女性は礼をした。面接までに実物の商品を見られるのは都合がいい、何かコメントを言えるようにしよう。そう考えて展示品を見て歩いた。だが十五分経っても誰も来ない。どうしたのだろうといぶかっていると頭の上から話し声が聞こえた。仰ぎ見ると吹き抜けになった二階の通路に先週面接会で会った次長の横顔が見えた。誰かと歩いている。間もなくエレベーターのチャイムが鳴った。開いたドアから次長と男が出てきた。一番札の男だった。それではまた、宜しくお願いいたします。男の笑顔と、それではまた、の言葉が気になった。

こちらへどうぞ、と次長に声をかけられた不二男は心を落ち着かせようとした。お待たせして申しわけありません。次長に従い二階の会議室へ入った。中では先ほどの女性事務員がコーヒーカップを片付けていた。カップはお盆に三組載っていた。あの男と次長、それにもう一人分。誰だったのか。人事課長か役員か。

あの、飲み物をお持ちしましょうか、と事務員が尋ねた。ああ。いや、いいよすぐに済むから。ああそれから、課長に先に始めるよう言っておいて。わかりました。事務員はお辞儀をしてドアを閉めた。

(すぐに済むから)

心臓の鼓動が急に速くなった。

(どういうことなんだ)

「すみません、お忙しいところを」

不二男ができる限り明るい声で口を開くと次長は困った顔をした。

「あ、どうぞ、おかけください」

と答えた。

「それで、えーと、モロイさん。このようなことを申し上げるのは大変心苦しいのですが、一応面接はした、ということにしていただけませんでしょうか」

「え」

何も言葉が浮かばなかった。次長が続けた。

「実は、良い工場長候補が見つかったので募集は取り下げてほしいと支援センターさんにはお伝えしたのですが、面接会に来た人には全員会ってほしいと言われまして。私どもは初めての募集でしたので、そんなルールがあるとは知らなくて、困ってしまいました。モロイさんも素晴らしいご経歴で驚きましたが……。いや本当です、弊社に余裕があれば是非モロイさんもと思ったほどです。しかし今回は一名だけ、工場経験者が欲しいので」

不二男は努めてにこやかに返事をした。

「なるほど、先ほどの方ですね。もしかして私と元同じ会社の人ですか」

「いや、それはお答えできませんが、弊社としては採用を急いでおりまして。そちらの営業さんの都合もあるでしょうけれど、お互いに無駄な時間を使うことはどうなのかと申し上げたのですが、どうしても会ってくれと言われて。すみません。そういうことですのでどうかご理解を」

次長が深々と頭を下げた。

「モロイさん、お住まいはどちらですか」

エレベーターに向かいながら次長は聞いた。

「埼玉の川口です」

「あぁそうですか、遠い所から本当にすみませんでした」

モロイではない、諸江ですと訂正しようかと思ったがやめた。

「いえ、お忙しいところありがとうございました」

声がかすれていた。

「私は諸江さんのご意志を横浜の営業に伝えただけですので、詳しいことはよく分かりません、あとで聞いておきますが」

金井静江は自分の責任ではないことをほのめかして切り上げようとした。

「でも」

と立ち上がりながら笑顔を作った。

「でも諸江さん、会社に余裕があれば来てほしかったと、そう言われたのですよね。つまり他の会社での可能性も十分あるということですよ。自信を持って次の会社を探しましょう。私も諸江さんにぴったりの仕事を探してみます。では次の予約があるので」

暑い日が続いている。不二男はスーツの上着を腕に掛け四ツ谷の駅で降りた。ワイシャツは着てきたが、そでを捲っていてまだネクタイもしていない。面接の直前まで汗をかかないようにしておきたかった。支援会社の求人情報から今日の会社を自分で選んだのは先週だった。金井静江を通じて営業はすぐに動いたようで二日後には連絡が来た。採用担当者が面接したいそうですと金井静江はメールしてきた。コンサルティング会社が人材育成サービスを企画・提案できる人を求めていた。不二男の得意とする英語を使う仕事ではないが、最後の事業部で担当した業務改革支援の知識を活かせるのではないかと考えた。あの職業適性のリストの七番目に「研修トレーナー」と書かれていたのが応募の大きな動機となっていた。

シンガポールに駐在していた若い頃、社内講師をしたことがあった。現地エンジニアが顧客の要望を的確に把握できず、先方はこう言ってます、などとただの伝言役になっていた。全てのことに駐在員が関わっていられる余裕はない。情報整理の方法、提案の方法を覚えてもらい、顧客とコミュニケーションできるエンジニアを育てる必要があった。技術部から相談を受けて英語の得意な不二男が講師役となった。顧客へのヒアリング方法、質問の明確化、文書化して顧客と問題を確認する等々、日本では当たり前の手順を自作の教材で講義した。演習を通じて把握したそれぞれの性格や癖についても技術部に伝えた。技術系の駐在員から感謝され、自分の観察力、分析力に自信がついた。

四ツ谷駅近くのコーヒーショップに入る。企業のホームページには事業内容や販売商品の説明だけでなく経営陣の紹介、会社の沿革、年間売上、主な取引先なども掲載されている。応募を検討する際に読み、志望動機を書く時に参考にし、面接の前にもホームページを再読するのが就職活動の常識だとキャリアカウンセラーが話していた。すでに何度も目を通した会社の情報を読み返す。ネクタイを締めた。午後二時少し前、街は三十五度を超えていた。

扉を開くと受付に電話が一台置かれていた。名前を告げるとすぐに女性が奥の扉から出てきた。重厚なローズウッドの扉。濃げ茶の木の壁。紫色の絨毯。静まり返った廊下。どこを見てもコンサルティング会社らしい高級感が漂っていた。案内された部屋には黒革のどっしりとした肘掛け椅子とチーク材の会議卓が設えてある。女性が名刺を差し出した。反射的に名刺入れに手を掛けたが、今の不二男には名乗れる肩書きなどあるはずもなく、きまりの悪さを感じた。秘書室の星野(ほしの)です。名乗った女性は整った顔立ちに鮮やかな口紅をつけていた。艶のある髪。じつは俳優ですと言われても違和感がないほど美しかった。やはりコンサルティング会社はイメージ重視だ。都内の一等地に構えて事務所にお金をかけ、社員も洗練された雰囲気を持っている。この会社なら仲間に自慢できる。もしかしたら今までよりも高い年収になるかも知れない。

秘書と入れ替わりに二人の男性が入ってきた。名刺は出さず人材開発部門のシニアコンサルタントと人事課長だと名乗った。人事課長は三十代に見えた。コンサルタントの方はホームページで見覚えがあった。密に生えた顎ひげと口ひげですぐわかった。まだ四十代前半のようだ。シニアの肩書きは顧客向けのアピールなのかもしれない。一通りの挨拶の後すぐにコンサルタントが質問してきた。前の会社での経験とコンサルティングの手法についてだった。不二男が関わった新サービスは何度か新聞記事にもなっていたため、興味をひいたようだ。どんな手法を使うのかを男は詳しく知りたがった。不二男には予想通りの展開で、持参したファイルを会議卓に出した。前の会社で会得した問題解決の手法を得意の図表を使い説明した。不二男が担当した分野は主に製造現場の自動化に関するコンサルティングだったが、営業や人事の事務の合理化も経験があると強調した。けれども具体的な手法は意図的にぼやかし、私の知識と経験は御社にも必ず役立つはずですと言い切った。コンサルタントの興味深そうな表情を見て手ごたえを感じた。

本日はおいでいただきありがとうございました。今日の結果は支援会社を通じてお知らせします。美しい女性秘書が見送ってくれたのも吉兆のように感じ、心が弾んだ。今月中に採用が決まれば退職して二ヵ月で再就職だ。決まってほしい。

ただ、少し気になることがある。不二男自身コンサルタントの肩書で仕事をしていたにもかかわらず、コンサルタントに対して持っているイメージはあまり良くなかった。英国で政府系プロジェクトのメンバーとして加わった時、現地のコンサルタントに会った。その男は高額なコンサル料を得ていたが、常に上から目線でひたすら理想論を述べ、自分の提案がいかに価値があるかを強調していた。知識をひけらかすような態度が嫌いだった。いつも打ち合わせの最後に「信じるか信じないか、それはあなたたち次第だ」と偉そうな言い方をしていた。言葉巧みに信用させて助言や提案をするが、プロジェクトが失敗すると顧客の能力不足を言い訳にする。理屈や損得勘定で相手を言い負かす。言われた人間はいっときはなるほどと思って従うが、時間が経つと何か騙されたような気分になる。そんな処世をする輩が世の中にはたくさんいる。そういう輩は「騙される方が悪い」、「所詮世の中は弱肉強食だ」といった人間観を持っている。そのようなコンサルタントが多い中でうまくやっていけるだろうか。高級なインテリアに威圧的な扉、美しい秘書、それらも高額なコンサルティング料金を払わせるための仕掛けではないのか。

一週間後、二次面接の通知が届いたと金井静江は嬉しそうに告げた。

「恐らくこれが最終面接ですから、頑張ってください」

「ええ、これまでの経験が活かせそうです。入社したらセミナーの講師にも挑戦したいと思っています」

金井静江の表情が曇った。

「講師、ですか?」

「はい、私は人にものを教えるのがわりと上手いんじゃないかと思っているんです」

「なぜそう思うのですか?」

不二男は海外でエンジニアに行った研修のことを話した。

「先日の適性診断でも七番目に研修トレーナーって出ていましたしね」

「そうですか。では諸江さんはいったい何を教えるのが得意なのですか?」

カウンセラーの尋問調の質問に少し不快感を覚えた。

「何って別に私は何かの専門家というわけじゃない。ただ何かをわかりやすく説明するのが得意だと、そういう意味で言っているんですけど」

少し間をおいて、

「やはり」

と金井静江が言った。

「やはり、それだけでは研修講師にはなれませんよ。どの分野に特化した講師なのかが言えなければ」

講師には社内講師とプロの講師があって、組織の中では管理職などの肩書きがあるから教える立場になれるがそういう人材は社外では通用しない。不二男のいう講師は社内講師のレベルに過ぎないと言う。問題解決の講師などという抽象的な触れ込みでは誰も呼んでくれない。自分の知識を活かして講師になりたいと考える中高年は非常に多いが、社員として講師職を募集する企業はない。プロの講師で食べていけるのは特定の分野で相当名前が売れた人だけだという。

「でもあの会社は人材育成を企画・提案するのでしょう、その先には研修サービスもあるはずでは」

「あの会社には講師はいません。必要な時だけ専門の講師を請け負いで雇いますから。そういう労働市場になっているんです、諸江さんはご存じないようですけれど」

研修ビジネスの業界について無知だと言われた気がしてむっとした。

「諸江さん、コンサルティング会社は完全に実力勝負の組織です。大企業とは違って少数精鋭でスピードもあります。端的に言えばコンサルタントとはやはり、営業です。自分自身をコンサルティングサービスの商品として売り込む営業です。自分を売り込んでお客に信用させ、報酬を得る仕事です」

「わかっていますよ、そんなことは」

営業のセンスはあるのか、積極的な売り込みができるのか、と金井静江に値踏みされたようで不愉快だった。

「金井さん、私は海外も含めて三十年以上仕事をしてきました。これまでの色々な経験や知識を若い人たちに伝える役目を果たしてもいい年齢になっていると思うんです。そういう社会貢献みたいなことを今後の働き甲斐としてもいいんじゃないかって。子どもじみているかもしれないですが、人の知らないことを教えてあげて凄いね、と言われるのが好きなんです」

金井静江は声を大きくして応酬してきた。

「それは諸江さんが、承認欲求が強いからですよ」

「承認欲求？」

「承認欲求とは周りに認められたいという心理です。能力に自信がある人ほど、自分を認めさせようとして自己演出する傾向があります。逆に無視されると非常に感情を害し、傷付きやすい。特に大企業の部長職に多いパターンです。それはやり甲斐と言うより、やはり、自己満足ではないでしょうか」

承認欲求だ、自己満足だと心の中を見透かしたようなカウンセラーの物言いが許せなかった。このカウンセラーとは相性が悪い、替えてもらおう。初日の説明会の時にカウンセラー交代の要望があれば、サポートセンターへ連絡してよいと言われたのを思い出した。就職支援会社には、解雇した会社が相当な額のサービス料を払っていた。相談者には無料サービスに見えるが、支援会社にとって本当の顧客は解雇した会社であって、解雇された者ではない。早く再就職させればその分だけ利益が出る。相談者との相性が悪くて就職に時間がかかるよりは、カウンセラーを交代させてでも早く就職させる方が得になる。

　コンサルティングビジネスへの違和感を抱えたまま不二男は二次面接に臨んだ。四ツ谷駅に着いたのは夕方の六時半だった。遅い時間を指定してくるのは役員面接なのか、あるいは社長かもしれない。十分前に会社に着くと会議室に通された。あの美しい秘書ではなく若い男性社員が応対してくれた。二十代後半だろう。襟だけが白で、ボディーは鮮やかなピンクの半そでシャツが眩しい。この会社はあんな若い男ばかりなのだろうか。だが俺には海外も含めて知識と経験がたくさんある。きっと彼らが感心するようなやり方を見せられる機会があるだろう。そうなればすぐに一目置かれるはずだ。

　ノックの音で扉が開く。男二人が入ってきた。一人は前回会ったシニアコンサルタントだった。もう一人はほぼ同年齢と思われる背の高い男だった。背の高い男が不二男の正面に座った。役員だろうか。コンサルタントはその脇に控えた。前置きもなく正面の男がいきなり尋ねてきた。

「諸江さん、顧客向けのコンサルティングのお仕事をされていたようですが、月当たりの売り上げはどれくらいでしたか」

　予想外の質問に不二男はまごついた。

「売り上げですか、それはちょっと説明すると長くなるのですが、電機メーカーでしたので、私の部署のサービスはシステム開発の売り上げに含まれていました。ですから明確な料金メニューがあるわけではないのです」

男は軽く頷いた。不二男の答えが思った通りだったのか予想外だったのかは読み取れなかった。

「これまでに営業の経験はおありですか？」

「いいえ、社内外の関係調整は数多く経験していますが、営業職に就いたことはありません。ただ、お客様の現場の苦労は色々と見てきましたので営業的な提案はできると思います」

「関係調整というのは何ですか？」

「例えばお客様は海外進出する時に、国内のシステムをそのまま持って行きたいと考えることが多いのですが、現実には様々な制約があります。システムの現地導入に先立って色々な調査をしてフィッティングを行う、そういった仕事です」

「ではお客様に見積もりを出したことはないんですね」

「はい、それは営業の役割でしたから」

男は隣のシニアコンサルタントに顔を向けた。ひげの男は一旦目を合わせ、すぐに視線を下げた。背の高い男の方が採否の決定権を持っているようだ。さらにプレゼンテーションの経験や折衝力についての質問が続いた。不二男はできます、自信がありますと答えたが、男の表情からはさほど関心を持たれなかったようだった。

「ところで諸江さん、当社は若い人が多いのですが、若い人に交じって同じような仕事をすることについては問題ないですか」

「はい、全く問題ありません」

　と答えたが、その根拠は説明できなかった。


　翌日の午後、不採用の知らせが届いた。金井静江が電話で理由について説明した。今回の求人は営業センスのある人をイメージしていた、不二男はその点で先方のニーズに合わなかった。さらにコンサルティングの経験とは言っても、不二男の仕事は無料の予備調査やアフターサービスに過ぎないと判断されたようだった。

「少数精鋭の会社ですから、やはり、受注力があるかどうかがポイントだったのではないでしょうか」

　金井静江は淡々とした口調でコメントした。

「諸江さん、こんなこと言っては失礼かもしれませんけれど、同じ事業部だった方たち、コンサル系の会社に応募しては皆、不採用になっているようです」

　不二男たちに金を稼げる力はないと各社から見抜かれた、と言いたいようだった。

　その後も経験を活かせそうな求人を探しては応募した。アジアの留学生を、下宿の紹介から卒業後の中小企業にあっせんするまで面倒を見るという会社の説明会では、途中で会場を出てしまった。応募者は全員仮採用する、そして時給払いで二週間働く間に求人広告を八件以上獲得してくれれば正社員になれると言われた。飛び込み営業など無理だと感じた。得意の英語を使えるのではと思って聞いていたが、留学生の七割は中国系で英語は不要と言われた。

海外で怪我や病気になった日本人に、現地の医療機関を紹介するサービス会社にも応募した。給与も悪くなく、ビジネス英語のレベルが必須と言われこれならと思ったが、二十四時間サービスのコールセンターで男性は夜勤が中心だと言われ辞退した。翻訳コーディネーターの求人には「翻訳」の言葉に惹かれて応募したが、三日も経たないうちに不採用の通知とともに応募書類が戻ってきた。あとで下請け翻訳者への作業指示と委託料交渉の仕事だとわかり、いずれにしろ自分には不向きと感じた。業務改革コンサルタントやパッケージソフトの導入コンサルタントの求人にも応募してみたが、面接に呼ばれることなく書類選考で不採用だった。志望動機を念入りに作文して今度こそと期待していた海外進出コンサルタントも書類落ちだった。結局面接に呼ばれたのは初めの二社のみで、その後十社以上応募して全て書類選考で落とされた。

金井静江との定期的な面談は続けていたが、コンサル系の会社は若手を採用したがっているので難しいとか、英語ができる日本人よりも日本語が話せる外国人の方が低賃金で雇えるとか、不二男が気落ちする話ばかり聞かされた。一方で、すでに再就職先が決まった同じ会社の退職者もいると金井静江は言う。そのほとんどは技術系の管理職で、中小の製造系の会社に応募して品質管理や設計の仕事に再就職した。大企業のノウハウを安く手に入れられる技術者は需要が多い。不二男のように何の専門家と言えないような者は誰からも求められない。金井静江から介護施設の管理職の仕事はどうかと提案されたが、新聞で介護現場の厳しさを知っていたので断った。カウンセラーからは不二男を励ます言葉もあまり出なくなった。初めてのセミナーで言われた、二割引き三割引きと値下げして売るしかない時間切れのお惣菜になった気がした。初めの頃の勢いを失い、気持ちは沈む一方だった。退職から三ヵ月が過ぎようとしていた。

九月に入っても三十度を超える日が続いていた。どんな会社に応募しているのかは陽子にも伝えていたが、相変わらず反応はなかった。カウンセラーとも相談を続けていたが、応募できそうな会社がぱったりとなくなった。何種類もある転職サイトには良い収入を期待できそうな求人はあったが、応募してみると全く返事が来ない。ハローワークの求人情報も検索していたが賃金が低くて応募したい求人がない。介護や警備なら採用されるだろう。ハローワークの相談員も金井静江も同じことを言った。けれどもそれはどうにもしようがなくなった時だ。それは就職活動の敗北に思えた。英語もネクタイも不要な仕事に就くことはプライドが許さなかった。

すぐに再就職できる自信がはじめのうちはあった。けれども面接にも呼ばれない日々を送るうちに気が滅入っていった。無庫川や逆橋への怒りをエネルギーに変えて頑張ってきたが、怒りは悲しみへと変わり気力がなくなってきた。求人の検索を一日中続けるが、応募できそうな会社はどこにもないように思えてくる。俺はもう誰からも必要とされていないのではないか。自宅の二階は気温が三十八度まで上がったが、外に出てぶざまな姿を晒すぐらいならここにいるほうがまだましだった。熱帯夜のせいもあるが寝床に入っても眠れない。少し眠ったと思ってもすぐに目が覚めてしまう。

ある日の明け方、夢を見た。部屋で一人寝ているところから始まった。陽子がそこに現れる。別室で寝ているはずなのに何の用だろうと思っていると陽子が近寄ってきた。陽子はパジャマ姿で膝を崩して座っている。なぜか自分に微笑みかけているように見える。誘っているのか？　思い切って手を伸ばし陽子を布団に引き込んだ。陽子は微笑んだままだ。そうか、そういうことか。久しぶりに妻を抱けると知って興奮してきた。妻の肩を両手で抱きしめ顔を近づけキスをしようとした。すると陽子は急に顔をこわばらせて横を向いた。なぜだ、してもいいんじゃなかったのか。首を傾けて妻の顔を覗く。明らかな拒絶の表情を見せている。その時急に部屋が自宅ではなくどこかのアパートの一室に変わった。六畳一間きりで布団のすぐ脇が入り口になっている安アパートだ。屋外とはサッシの引き戸で仕切られている。まるで仮設住宅のようだ。引き戸のガラス越しに人影が現れた。誰かが覗いている。不二男は布団から手を伸ばして引き戸を開いた。無庫川が立っていた。そうか、そういうことか。妻と無庫川は時々ここで体を求め合っていた。こんなことも知らなかったとは。強い怒りと悲しみのまま目が覚めた。朝の四時だった。

ハローワークから戻ってきた午後の早い時間、自分の鍵で玄関を開けた。陽子に鍵を持って出てと朝言われていた。どこへ行くんだと聞くとスポーツセンター、とだけ返された。スポーツセンター。あんなところで運動するのがなぜ楽しいのか。汗をかいて疲れるために金を払うなんて馬鹿げている。汗をかきたいならジョギングをすればいい。戸外のほうが気分が良いし、好きなペースで走れる。金を使って無駄に食べ、痩せるためにまた金を使う。運動などエネルギーの無駄遣いにしか思えない。

なぜ陽子はそんな所へ行くのだろう。親しい友人でもいるのだろうか。確かめてみたくなった。行ってみるだけだ。すぐに帰ればいい。でも見つかったらどうするか。そうだ、暇だったから見学に来たことにしよう。

スポーツセンターは区画整理が終わった丘陵に五年前に建てられた。民間のスポーツジムと違い、駅から遠いが広い敷地を確保していた。地元の自治体が多額の予算をかけた自慢の施設だった。センター内には温水プールに二つの屋内競技場、トレーニングルームなどがある。屋外にはサッカーや野球のためのグラウンド、テニスコート、それになぜか弓道場も備えている。駐車場も広くて百台は停められる。自動ドアをくぐって中に入る。陽子はどこにいるだろう。案内板を眺めていたら微笑んでいるスタッフと目が合った。


「いらっしゃいませ、どこかお探しですか」

紗希と同じぐらいに見える若い女性が立っている。半袖のトレーニングウェアを着て髪はポニーテールに縛っていた。

「あぁ、あのちょっと、初めて来てみたんです。近くに住んでるもので、どんな感じかなと思って」

「そうですか、宜しかったらご説明しましょうか。二階が温水プールとサウナ、一階が体育館、地下にトレーニングルームとフィットネススタジオがあります。トレーニングルームのご利用には登録証が必要になります。顔写真をお持ちいただき、一時間の講習を受けていただくと登録証をお出しします。施設の利用券は券売機でお買いいただき、受付か各部屋のスタッフにお渡しください。市民向けの施設ですが別料金にて市外にお住まいの方でもご利用いただけます。テニスコートや卓球台など施設の予約は市民の方に限られます」

市の職員だろうか、若いのにしっかりしている。笑顔の応対も爽やかで、デパートの販売員のようだ。

「特にご興味のある施設はありますか?」

「あ、えっとトレーニングルーム、かな」

「見学されるのでしたら奥の階段を降りてUターンしたところが入り口です。全部で五十台の筋トレ用のマシンがあります。更衣室にはシャワーも備えています。登録証がないと入れませんが、通路から中が見えますので良かったら行ってみてください」

「夜は何時までやっているんですか」

「九時半までです」

「そんな遅くまで?」

「はい、平日は仕事帰りの方も多いんですよ」

「そうですか、職員さんも大変だね」

「いえ、私は職員ではなくてアルバイトです」

スポーツジムを全国で展開している大手の会社に雇われているという。公共サービスを自治体が民間に委託する。その会社が時給の安いアルバイトを使う。彼女も紗希と同様、取り換え可能な労働力だ。若いスタッフはスポーツセンターのイメージにぴったりだが、彼女が四十過ぎまでここで働ける保証はない。市民サービスのためとはいえ、自治体も若い市民を非正規のまま雇い続けることに加担している。若者の将来を考えているはずの行政も委託先の労働形態までは考えが及んでいないようだ。

礼を言って階段を下りる。廊下を曲がるとガラス張りのトレーニングルームがあった。室内は思った以上に広い。二十人ほどのTシャツ姿の男女が運動していた。一列に据えられたランニングマシンやエアロバイクに乗っている者。それ以外にも見たことのない多くの筋トレ用のマシン。それぞれのマシンの上には「胸」「背中」「腕」などの表示が掲げられていた。皆無心にバーを押したり引いたりしている。男たちはほとんどが中高年だった。禿げ頭や白髪の男たち。意外にも彼らの体はけっこう引き締まっている。それにしても平日の昼間、何を好き好んでわざわざ汗をかきに来るのか。

男たちに交じって四、五人女性がいる。一人ひとり顔を見てみたが陽子はいなかった。先へ進むともう一つ部屋があった。フィットネススタジオだった。覗くと二十人ほどの女性たちが鏡に向かって手足を振っている。ガラス越しだが大音量の、速いテンポのエイトビートが響いてくる。陽子を見つけた。リズムに乗って片足ずつ左右に出す。前後にジャンプ。同時に両腕をガッツポーズのように突き上げる。すぐ足を思い切り蹴り上げる。目まぐるしく跳びはねる陽子がそこにいた。別人のようだった。突然音楽が止まり休憩になった。まずい。隠れようとしたがその前に陽子と目が合ってしまった。だが隣の女性に話しかけられてすぐに横を向いた。他の女性たちもガラス越しの不二男に気がつき、見る側と見られる側が逆転した。去る前に陽子をもう一度見る。仲間と楽しそうに笑っていた。

家に戻ると間もなく陽子も帰ってきた。

「何しに来てたのよ」

責めている口調ではなかったが理解できないという表情だった。

「いや、なんか行ったことがなかったから。どんなところかなと思って。大きくてびっくりした。中年や年寄りばかりなのにもびっくりしたけど。だけどこの暑いのに汗かいて、よけい疲れるんじゃないのか?」

「汗かくから気持ちよくなるんじゃない。いっぱい汗かいてシャワー浴びるとさっぱりするし。やってみたらどう」

「いや、なんか。部屋で運動するってなんか気が乗らない。ランニングマシンなんて実験用マウスみたいだし」

「やってみないでわかるわけ?」

「いや、まあ、それはそうだけど」

気仙沼　浩一

　不二男が悪夢で目が覚めたのは、先日の夢で陽子と無庫川の関係を怪しんだ日だけではなかった。プロジェクトの失敗を仲間から笑われ、怒りながら、涙を流しながら反論するうちに目が覚めたことがあった。退職勧奨の面談中に包丁を腹に突き刺す夢も見た。無庫川を睨みつけながら。誰にもぶつけられない怒り、悲しみ、絶望が体の中でぱんぱんに膨れ上がっていた。このままではまずい。心を病んでしまう。もし鬱病などになれば就職どころではなくなる。今のところは支給されている失業保険も、病気で就活ができないとハローワークが判断すれば停止される。気持ちを切り替えなくては。そこで思いついたのは東北への旅だった。なぜ東北なのかは自分でもよく分からない。心が塞ぐと人は北に向かいたくなるのか。失恋して北国へ向かう、みたいな流行歌は数えれば結構ある。南ではなく北こそが傷ついた気持ちに寄り添ってくれるようだった。

　これまで一度も行ったことがない東北。二年前の大震災の被災地であること以外、それまで特別な興味を持ったことはなかった。震災の翌日、テレビに映った大津波を見た。住宅や畑を呑み込み猛烈な勢いで襲い掛かる。地表の全てを真っ黒に塗りつぶす大海嘯。波が去った後、無数の車や建材からなる瓦礫で埋め尽くされた街。ビルの屋上に乗り上げたフェリー。流れ出た石油に火がつき闇夜に広がる火の海。地獄など誰も見たことがないのに「地獄だった」と多くの人が語った。被災地を旅すれば自分の中の何かが変わるのではないか。だがそんな場所を旅してよいのか。観光だって立派な支援だ、という人もいるがその考えには馴染めない。

　あの年の春、多くの企業がボランティアを募り被災地に向かった。不二男の会社でも二泊三日のボランティアツアーが企画された。社員を乗せた大型バス二台が東北へ向かったが不二男は加わらなかった。会社の広報活動のように思えたからだ。二年以上過ぎた今は瓦礫撤去やヘドロの掻き出しはなくなったが小規模なボランティアは続いていた。不二男は自治体のホームページを調べ、気仙沼市がまだ海岸清掃のボランティアを行っているのを見つけた。

　陽子に話をした。しばらく沈黙したあと、まぁいいんじゃない、どうぞと返された。強く誘うつもりもなく一緒に行くかと浩一に聞くと意外にも行くと言う。ローテーションで回すからアルバイトでは休みを取りにくいのではと思ったが問題ないらしい。つまり会社はその程度にしか期待していないということか。

気仙沼の駅前に不二男と浩一が降り立ったのは九月初めの日曜日、朝六時だった。三陸の港町の朝は肌寒かった。これが東北の夏なのか。あの日、三陸沿岸の街々は雪が舞っていた。猛暑から逃れられる夏はいいとしても冬の寒さを考えると好んで住みたい土地ではない。駅前には路線バスとタクシーが一台ずつ停まっているだけだった。夜行バスで到着した客たちが去ってしまうと静かになった。朝が早い賑やかな港町を想像していたが予想を裏切られた。誰も歩いていない。まだ朝六時ではあるが、商店街のある駅前にしては活気がなさすぎる。震災前からシャッター街になっていたのかもしれない。朝食はファストフードか何かで済まそうと思っていたが何もない。レンタカーで走れば何か見つかるだろうが予約は八時なのでそれまで身動きが取れない。腹が減ってきた。

ここで待つしかないな、と独り言つ。コンビニがあると浩一が答えた。どこに？　この先、少し行って曲がったところ、とスマホを見ながらぼそりと返事する。浩一は常にスマホをいじっている。食事と寝る時以外はほとんどスマホかパソコンを触っている。バスの中でもスマホでゲームか何かをしていた。いったい何がそんなに面白いのか。ゲームなどあらかじめ設計者が仕組んだ筋書きをたどるだけだ。製作者にいいように踊らされているだけではないか。そんな偽物の達成感をゲームで味わって満足しているのか。もっと現実と向き合えないのか。

浩一とコンビニに向かった。震災の痕跡はこの辺りにもあるのだろうか。津波はここにもやってきたのか。店の外壁を見ると胸の高さ辺りに黒っぽい筋が見える。やはり水に浸かったようだ。静かな通りからは泥水があふれた姿を想像するのは難しかった。壁の黒い筋以外、被災の痕跡はない。丁字路を曲がるとコンビニが見えた。日本中どこにでもある全国チェーンのコンビニだった。だが店内に入るとそのレイアウトはいつものコンビニとは少し違っていた。冷蔵品の棚に魚の切り身や精肉、野菜などが並んでいる。コンビニと言うより食料品店のようだ。一方でスナック菓子やパン、おにぎりなども棚に並んでいる。ボランティアは昼食持参が条件なので朝と昼の二食分を買い込んだ。

レンタカー会社が開くまでの間、街中を歩くことにした。市役所を左に見て道を進むと潮の香りがしてきた。細い坂道を下りる。景色が一変した。道の幅が広くなり格子状に広がっている。その辺りは壊れた建物が所々立っているだけでほとんど更地だった。コンクリートの土台だけが残っている。撤去されずに破壊されたままの店舗に近寄った。錆び止めを塗った鉄骨が剝きだしの一階。ドアもガラス戸もなく壁のあちこちがもぎ取られている。内臓を食われ肋骨だけ残った恐竜のようだ。天井板がねじ曲がり電線やたくさんの布が切れた血管のように垂れている。二階へ上がるらせん階段は赤く錆びている。

あたり一帯人の気配が全くない。時折広い道路を軽自動車やトラックが通り過ぎるだけだ。電信柱も見当たらない。瓦礫撤去は昨年終了したと復興支援サイトには書かれていた。

けれども実際に訪れてわかった。何も終わっていないし始まっていない。

見回すと浩一は少し離れた四つ角にいた。リュックサックからカメラを取り出していた。大型の一眼レフでレンズも長くて重そうだ。金がないはずなのにどうしてそんな高級なカメラを買えるのか。聞いてみたい気持ちを抑えた。この先の旅が気分の悪いものになる。浩一はレンズを廃墟に向けていた。人が流されて死んだかも知れない建物だ。街の人が見咎めないだろうか。

運動場ほど広い更地があった。大きな建物がここにあったようだ。コンクリートの土台は見えず砂利と土が一面に敷かれている。持参した古い地図を見るとフェリーの待ち合い所だった。案内所や土産物店も入っていた。まだ観光客のことを考えられる状況ではないようだった。眼の前は船着き場だった。中型船なら三隻は停泊できるほどの広さだ。フェリーが係留されているが案内板も何もない。岸壁に乗降デッキが二つ浮いていた。白いデッキの一つは壊れたままだ。鋭角に折れて半分が海水に突き刺さっている。水に漬かった辺りは藻が付着していた。首を水に突っ込んだまま死んでいる白鳥のようだ。岸壁に沿って延びる安全柵はねじ曲がっていた。工事用のロープが安全柵と絡み合い、蛇のようにのたうっている。

朝食を食べられそうな場所を探す。辺りにはベンチ一つない。埋立地の端に記念碑らしいものが見える。あの土台に腰かけて食べよう。近づくと記念碑もひしゃげていた。船のスクリューを模した銀色の飾りがねじ曲げられている。石碑に彫られた文字を読む。それは港町がテーマの古い流行歌だった。大ヒットさせた歌手のかすれ声を思い出した。ここで朝食を摂る気にはなれず、結局駅前のベンチでパンをかじった。

八時を待ってレンタカーを借りた。係の女性にカーナビの設定を頼もうとしたら浩一が言った。適当にやればできるよこんなもの。できるのか本当に。スマホと大差ないし、と浩一は画面を操作する。目的地を設定しました、とカーナビがしゃべった。

適当にやればできるよ。浩一の物言いは不二男には不愉快だった。若い頃、機械操作の前に必ず説明書を読めと先輩からしつこく言われた。操作を間違えると大事故を起こすぞと注意された。何年か前、手順を間違えた核燃料の作業員が被曝した。多くの事故は決められた手順を無視することによって起きる。人間は手を抜ける部分を見つけてサボろうとする。よく言えば効率化なのだろうが。機械設計の考え方にはフールプルーフというものがある。馬鹿（フール）が触っても危険が発生しない（プルーフ）ように安全設計せよという主張だ。米国製のスマホには説明書が付いていないとも聞く。まずは触ってみてください、壊れませんからという発想に不二男は馴染めなかった。内部の仕組みを正しく覚えておけば問題が起きても解決できる。しかし今は機械の方から人間に指示を出す。あなたのしたいことをこの中から選んでください。それ以外はエラーです。機械が決めたメニューから選ぶことが現代人に許される自由。誰がやっても結果は変わらない。

国道を南へ下り復興協会の事務所を目指した。道を行き交うダンプカーの多さに驚いた。土地を嵩上げするための土砂を運ぶのだろう。間もなく目的地です、とカーナビが告げる。入り口の看板からそこはかつてスーパーマーケットだったとわかる。

扉を開けて挨拶をすると若い男性に中へ案内された。すでに十人ほどのボランティアが来ていた。会議卓を囲んで皆立っていた。リーダーらしき女性が挨拶と今日の予定について説明した。参加者もそれぞれ自己紹介をした。四国から来た五人の若い僧侶がいた。皆、頭を剃り作務衣をまとっている。気仙沼に一週間滞在するという。六十代後半の老夫婦は昨日も別の場所でボランティアをしていた。モトクロス用バイクで来た若者もいた。ボランティアリーダーに指名された中年の男性は一ヵ月ほど車で寝泊まりをしていると言う。定職につかずにボランテイアを仕事としているのか。収入に不安はないのか。

先導車に続いて出発する。しばらく進むと国道からはずれて山道に入った。緑の濃い坂道を何度も上下する。海岸に近づいたかと思うとまた遠ざかる。海とほぼ同じ高さまで下ったところで道が尽きた。全員揃ったところで先ほどの若い男性が説明する。ここは唐桑(からくわ)

地区と言います。この近くのＮＰＯからの依頼で海浜公園に埋もれているガラス片を拾い出します。作業中はこれを身につけてください。頭からかぶるゼッケンに英語でVOLUNTEERと書かれていた。車から少し歩いて着いたのは二百坪ほどの砂浜だった。住宅地の小公園程度の広さだった。海浜公園の名前は大げさに感じられた。その真ん中に浅い川があって海へ流れ込んでいる。

ここは海水と真水が混ざって色々な生物がいるので子ども向けの体験学習の場に使われていました、と青年が説明する。周りの家は被災しました。瓦礫は撤去しましたがガラスの破片が埋まっています。子どもたちが怪我をしないようにそれを拾います。建設用の一輪車に載せてきたスコップとポリバケツが配られた。

しゃがみこんでスコップで掘り返す。出てくるガラス片の大きさは様々だった。大きいのは二十センチほどの長さ。小さい方は二、三センチ。もっと小さいかけらは無数にあった。広くない場所だがこんな小さなかけらまで拾うとなると際限がない。なぜこんなに粉々になっているのか。

津波で半壊した住宅は取り壊すしかなかったのだろう。重機がやってきてドアも窓も壁も壊す。甲高い声を上げて窓枠はひしゃげガラスが割れただろう。公園が瓦礫の仮置き場となる。公園には置くなとは言えない。他に場所はない。瓦礫はダンプカーで運び出されたが重機の重みでガラス片や釘は砂に潜る。機械では拾いようがなく人が拾うしかない。

朝は寒いほどだったが晴れてきて汗をかくほどになった。晴れるとガラス片が光るので見つけやすい。湿った砂にまみれていると見落としてしまいそうだ。同じ場所を何度も掘る。見る角度を変えるたびにガラス片が見つかる。ガラス片は数ミリのかけらでも足裏に刺さることがある。子どもの頃ガラス片が手に刺さったことがある。階段で転び、持っていた牛乳瓶が割れ、血が止まらなくなった。医者がメスで傷口を広げ拡大鏡で小さなかけらを探して抜いた。先の尖ったピンセットを傷口にぐりぐり突っ込まれ痛くて泣いた。その後で打たれた破傷風の予防注射もひどく痛かった。

広い砂地からガラス片をすべて拾い出すなんてできない。人の手で危険を取り除くのは限界がある。原発から飛散した放射性物質だって飛び散ってしまえば回収などできない。表土を削って測定値が下がれば良いことにするしかない。安全になるまでには果てしない時間がかかる。百年ほど前に発明した危険な人造物。それを何万年かけてもただの土に戻すことができない。人目につかない所に隠して、忘れてしまえばなかったことにできるものではない。神の意に背いて人々が築いたバベルの塔。言葉を自在に操る人間が神罰によって共通の言語を失い意思疎通できなくなった。やがて分断され対立していった。人間は便利さと抱き合わせで危険を受け取ってきた。「便利」の反対語は「不便」ではなく「危険」だ。それがどれほど危険なのか実は誰もわかっていない。

強い日差しで喉が渇き腰がこわばってきた頃、昼休憩になった。二時間かけて拾ったガラス片はバケツの底にわずかばかりだった。こんなことやって意味ある？　菓子パンをかじりながら浩一が聞く。わからんと短く返す。ペットボトルのお茶でおにぎりを胃に流し込む。

目の前の海をぼんやりと眺めた。そのうちにあることに気がついた。立ち上がって水際まで行ってみる。池のように静かだ。ここは本当に海なのか。波がまったくない。海沿いに歩くとなだらかに海へ続くコンクリートのスロープがあった。大きくひび割れていた。船を引き上げておく斜面なのか。あるいは地盤沈下で傾いてしまった船着き場なのか。カキ殻のようなものがところどころに貼り付いている。岸壁のさらに奥から機械の音が聞こえた。白いつなぎ服を着た男二人がエンジンカッターで何かを切っている。近づくと復興協会の青年もそこにいた。つなぎ服の男たちは市の清掃課の職員で、破損した漁具の廃棄処理に来ているという。

この一帯はカキの養殖場だったんですが、いかだは全部流されました。事業は再開するそうですがカキの出荷はまだ来年以降らしいです。ＮＰＯの設立者でもある養殖場の事業主が今日の依頼者だと職員は付け加えた。その男は環境生物学に詳しく、以前からマスコミにも取り上げられていて、ちょっとした有名人だと言う。

森は海の恋人って言葉、聞いたことないですか。森林の倒木や朽葉が作る滋養分が水に溶けだして川となり海の生物を豊かに育てるから森と海は深く繋がっている、聞けばなるほどと感じる。環境保全活動の一環でＮＰＯが子ども向けの体験学習を主催していたんです。今日はその方はいないんですけど、と残念そうだった。

森は海の恋人、の言葉に惹かれて今度は奥の雑木林の方へ歩いてみた。くぬぎなどの広葉樹が急な斜面に生い茂っている。山の斜面の手前にわずかな平地があった。切り開いて盛り土をした宅地の跡だった。一軒分の敷地がずいぶん広い。東京の狭小な戸建てなら二十軒は建つだろう。踏み込むと庭石で囲まれた花壇らしき所に庭木が花を咲かせている。それを埋め尽くすように雑草が生い茂っていた。

午後の活動が始まり再び砂地にしゃがんだ。しばらく手を動かすと短い木片がまとまって出てきた。指で引っ張り出す。木の柄に嵌まったフォークとナイフのセットだった。四組あった。さらに掘る。息をのんだ。砂まみれの鍵の束が出てきた。家や倉庫や仕事場の鍵をひとまとめにしたような鍵束。持ち主は今どこにいるのか。あの花壇を作った人だろうか。自分たちの居場所、生活の糧をこの鍵で守ってきた人がいた。この鍵で扉を開けて、閉めて家族が暮らしていた。自分たちが確かな拠り所にしているこの世界はどんな出来事でも起こりうる。年齢や男女の区別なく。これまでの人生が幸せだったか不幸だったかかなど全く関係なく。それは突然やってくる。

今日は遠くまで来ているのでこれで終わります、と職員が謝辞を述べた。まだ二時半。わずか四時間のボランティアだった。十一人で拾ったガラス片はバケツ一杯半ほどだった。漁網やロープ、釘や木片などを合わせても一輪車二台に乗りきる量だった。機械の力を借りればもっと効率よくできただろう。効率の悪い作業だから人手で行う。それがボランティア活動なのだろう。別れ際に職員に挨拶した。二年半も経った今頃になってやってきたことに気が引けると打ち明ける。いえ、時間が経っても忘れない方たちがいるのが有り難いのです。まだこの先何年もかかりますから。

終了の儀式として全員の記念写真を撮る。お互いに挨拶を交わし車に戻る。老夫婦の会話が背後から聞こえた。ねぇ、だって以前の公園がどうなっていたのか知らないから何がどう良くなったのか全然わからないじゃない。ああ、ダンプカーで砂の入れ替えでもした方が手っ取り早かったんじゃないか。東京から来たのになんだか張り合いなかったわねぇ。


三時を少し過ぎた頃、予約した宿に着いた。朝歩いたフェリー乗り場からさほど離れていない旅館だった。ガラスの引き戸を開けて声を掛ける。奥から色の白いほっそりした老婦人が出てきた。

「まぁようこそいらっしゃいました、どうぞ」

と言われ靴を脱ぐ。

「どちらから。まぁ東京からですか、遠い所からまぁまぁ。ご出張ですか」

「いやちょっとボランティアに」

「まぁーそれはそれはありがとうございます。まあどうもお二人で遠くからほんとうに」

と声が大きくなった。和室に通される。

「申しわけありません、膝が痛くて足を曲げて座ることができないのです」

と女将は立ったままの挨拶を恥じた。そのうちに手術をするつもりだが仙台まで行かなくてはならないと言う。その足であの日はどうやって避難したのだろう。

「ここは大丈夫だったのですか」

「ええ、不幸中の幸いといいますか、坂の途中にありますので一階は水に浸かりましたがお部屋のある二階は無事でした。私どもは運がよかったのですよぅ。すぐ下のお寿司屋さん、土台から流されてしまったんですよぅ、ほんとうにまぁ」

「風呂は五時から入れます、どうぞごゆっくり」

と女将は下がった。部屋は純和風の造りで八畳に床の間がついている。古びた鏡台とテレビの他は収納もなく壁の鴨居にハンガーがかかっているだけだ。大型の石油ヒーターは一年中出しっぱなしのようだった。部屋と廊下の間は襖一枚あるきりだ。スリッパは廊下に出しっぱなしでトイレと洗面所は共同だった。不二男は懐かしさを覚えた。子どもの頃、家族で泊まった旅館はいつもこんな感じだった。座卓の上に蓋つきの丸い茶櫃（ちゃびつ）があり急須と茶碗が仕組まれていた。

「まぁお茶でも飲むか」

と独り言つと浩一は、

「ちょっと出てくる」

と言う。

「どこ行くんだ」

「ちょっとコンビニとか、なんか食べたいから」

親と一緒にいるのは気詰まりなのか。一人で茶を淹れて飲んだ。茶菓子の袋に「いかせんべい」と書かれていた。南部煎餅のような厚みとイカの香ばしさが素朴だが美味かった。気仙沼で獲ったイカだろうか。ここは港町だ。寿司も美味いだろう。

「下のお寿司屋さん、土台から流されてしまったんですよぅ」

女将の顔が浮かぶ。この宿は坂の上で残った。下の寿司屋は流された。津波の高さが存否を分けた。組織の下部にいた俺も流された。だが解雇は天災じゃない。誰かが意図して起こしたことだ。それは誰だ。泥水を飲まされた男が運よく残った宿に泊まる。旅の中で運と不運が交差する。

浩一はなかなか戻らなかった。もう二十六歳。親が色々口出しする齢ではない。まだ二十六歳。この先どんな人生を歩むのか。一人で風呂場へ行く。熱い湯に浸かりながら協会の若い男の言葉を再生する。忘れない方たちがいるのが有り難いのです。忘れないこと。無庫川の顔が浮かんだ。俺も一生忘れない。泥水ではなく透き通った湯船の中で頭まで潜って息を止める。自分を追いやった者全員の悲惨な末路を強く願った。やられたらやり返したい。動物のような本能がこんな自分にも備わっているのは驚きだ。いや自然なことだ。憎悪はいつまで続くのか。記憶を受け入れられる日は来るのだろうか。

だが。砂の中から出てきたフォークとナイフ。家の鍵束。あの土地の持ち主は全てを一瞬で失った。あるいはその命。さえも。なんの警告もなく。あの日の水はどれほど冷たかっただろう。退職勧奨を事前に受け、積み増しの退職金を貰った俺などよほど良いのではないか。たった一日で失われた二万人。学生。働き盛り。母親。幼児。俺は五十六だ。いや待て。そんな比較に意味があるのか。ただ。俺はまだ生きている。今ここで一日の疲れを感じている。風呂でその疲れを癒している。少なくともこれだけは確かだ。生きている。

女将から近くに飲み屋街があると聞き、戻ってきた浩一と出かけた。復興のシンボルとして作られた仮設の飲食街は、入り口に「気仙沼復興屋台村」の看板が揚がっていた。踏み入るとプレハブの小さな店が長屋のように並んでいた。どの一軒もアルミサッシの引き戸を通して一番奥まで見えるほどの狭さ。立て看板を見て回る。観光客向けだろう、マグロやウニの写真が目につく。復興屋台村の名付けからある程度の賑わいを予想していたが開いている店は少ない。時間が早いからか。平日だからなのか。二年経ち「絆」は過去のものになったか。観光客向けの派手な看板が出ていない店を選んで戸を開ける。

　二人の男がキッチンの中にいた。店長らしい年長の男と若い男。カウンターに座りビールを頼む。浩一はウーロン茶。家で酒を勧めても飲もうとしない。飲まないのではなく飲めないのだろう。差し飲みをすればお互いのことがよくわかり、酔えば打ち解けられるのにとも思う。父子とはそういう類いの俄かな親しさとは別の存在なのだろう。

「何かおすすめはありますか」

「『もうかの星』という刺身を酢味噌で食べるのが地元料理です」

　若い男の提案を言われるまま受け入れた。平皿に載って出てきたのはレバーのように鮮やかな赤色。獣肉のように見える。食感もレバ刺しのようで美味かった。

「どうですか」

　カウンター越しに店長が尋ねる。

「美味しいです、初めて食べました」

「それね、もうかザメの心臓なんです。今日市場で鮮度がいいのを見つけたんです」

　店長は嬉しそうだった。浩一はサメに手を出さず牛タン焼きと生ハムサラダを頼んだ。

イカや貝のようにに食感がグニャリとしたものには決して箸をつけない。食べ物に限らず浩一は新しいものに慎重だ。同じことをずっと繰り返す方が性に合っているようだ。だからゲームも飽きることなく続けられるのだろう。

カウンターに置かれていた復興屋台村のパンフレットを開く。店の名は「男子厨房 俺達の家」。自宅と民宿を失った三人の男が開業したとある。三人が手を上げて笑顔で写っている。

「今日はお二人なんですか」

店長にパンフレットを見せながら尋ねた。

「いや、一人は辞めてダンプカーに乗ってます。そっちの方が稼げるらしくて」

「以前は何をされていたんですか」

言葉に気を使いながら店長に聞いた。

「調理師です」

「前も居酒屋を？」

「いえ弁当屋でした。工場とか会社向けの仕出しです」

何か飲みますかと尋ねられ「男山」という地酒を頼んだ。カウンターの上に升とコップが置かれ、一升瓶で注がれた。よく冷えている。辛口でうまい。

弁当屋の前は缶詰工場で働いていたと店長は言う。気仙沼の港に上がったサバやカツオを蒸気釜で蒸して輪切りにし、缶詰にする。入社してずっと魚の中骨と内臓を抜くのが仕事だった。素早く、しかも形を崩さないように輪切りにするのが得意だった。だが十年前に食品加工の自動機械が入ってきた。人間より十倍速くさばき、一グラムの単位まで正確に測って缶に収める。自動化できない部分は時給の安いパートの仕事となった。倉庫番に移されたがつまらなくて辞め、仕出し弁当を始めた。その弁当屋が津波で流された。缶詰工場の従業員は自宅待機が続いたあと会社再建のめどが立たずに全員解雇された。

出張ですか、建設関係か何かで、と店長に聞かれ、曖昧に答えた。私はその自動機械を作る会社を解雇されました、とは言えなかった。店長の職を奪ったのは俺がいた業界だった。会社がどこであれ、効率化をうたって自動機を売り込んだ誰かがこの人の人生を変えた。先端技術は必ず社会に役立つ、世の中を良くすると信じ、利他のつもりでいた。実は利己だった。その自分も失業者になった。

「ボランティアですか」

カウンターの角向こうからスポーツ刈りの男が微笑んでいる。顔も腕も日焼けで浅黒い。土木工事の作業員だろうか。

「初めて気仙沼に来ました、ボランティアも初めてです」

「それは素晴らしい。どこでボランティアを？」

「唐桑と言うらしいです」

「ああ、唐桑半島」

「行かれたことが？」

「いや。あっちは別の隊が行ったので。私は南気仙沼でした」

別の隊とは？　と聞くよりも早く男は言葉を継いだ。

「東京消防庁の救急隊に勤めています」

男の説明によると震災の日は非番だったが緊急呼び出しがかかり登庁した。夕方までに都内の消防署で救援チームが編成されすぐ出発した。不二男は当時のニュースを思い出した。高速道路を消防車が何十台も連なって北上していた。被災者の数さえ見当がつかなかった最初の数日、隊員たちはここで何を見ただろう。気仙沼へ男が再び来たのは復興の進展が気になったからか。不二男の気持ちを読んだかのように男性は答えた。

「街がその後どうなったかも知りたかったのですが、今回は合宿所の下見です」

所属するテニスクラブの合宿を気仙沼でやる計画を立て、二年ぶりに来たという。ここで合宿しようというのは復興支援も兼ねてなのだろう。年齢は五十八。二歳年上なのに自分よりも若々しく見える。厳しい訓練で鍛えているのだろう。日に焼けた体はボディビルダーのようだ。半袖から覗く二の腕が力強い。

息子と一緒に来たと言うと、それは素晴らしい、と繰り返し、浩一に話しかけた。

「自分の目で見ること、見て何かを感じたら行動することが一番大事だよ」

少し酔っているようだが声が大きくメリハリのあるしゃべり方をする。

「ええ、まあ」

と浩一は中途半端な返事をした。

「自分にも息子がいます。消防隊員になりたいと言ってます。嬉しいんだけど、どうかなぁ。高校生になってもドラえもんとか読んでいるんですよ。のび太みたいな奴は消防士になれないって言ったんですけどね。すぐに頼るでしょ、ドラえもんに。消防の仕事は基本、自分自身が頼りだから。マンガはね、『巨人の星』。お父さんの世代なら知ってますよね、昔はああいうマンガが流行った。『あしたのジョー』もね」

「ええ、わかります」

不二男も強く頷いた。『巨人の星』。背が低く体重が軽いというピッチャーとして致命的なハンデを負った主人公。父親に厳しく鍛えられる。豪速球投手となり甲子園に出場し、プロ野球で活躍する。テレビアニメにもなった。『あしたのジョー』。少年院帰りの主人公がボクシングに打ち込んで世界チャンピオンに挑む。ライバルのボクサーが途中で死ぬがそれが話題を呼び、有名な前衛演劇作家が起案して葬儀が行われるほどの社会現象になった。不二男が十代だった頃。厳しい試練を自分に課すことがカッコいいとされた時代があった。だが今は全然違う。最近の主人公は貧乏でもなく、まして不良でもなくなぜか初めから超能力がある。努力で能力を身につける過程などどうでもよくて何事も鮮やかに、軽々とやってのけるのがカッコいい。人前で努力するのはダサい。そういう時代になった。

ビール二本と冷酒を二合飲んで少し酔った。救急隊員に挨拶して勘定を済ませる。屋台村から歩き出すとすぐに真っ暗になった。街灯がどこにもない。整地の終わっていない街に立つ復興酒場は暗い海に浮く離島のようだ。危険な岩礁を警告する灯台のように黄色い信号が明滅している。

「巨人の星って、読んだことあるか?」

部屋に戻って浩一に話しかけた。

「ないけど、アニメの特番で見た、と思う」

「あれはあの頃大人も読んでいた。アニメ化されたら子ども向けになった感じがしたけどな」

「むかしのアニメじゃ限界あったと思う。手描きだし、CGなかったし」

「CGか、CGは好きじゃないな。映画もCGになってつまらなくなったな。リアリティに欠ける。なんだか見る側が騙されているような気分になる」

「リアリティったって映画自体バーチャルじゃん」

浩一の言葉に反論したかったが、うまく言い返せない。話題を変えよう。

「巨人の星みたいに自分を鍛えて強くするのは変だと思うか？」

「別に。人それぞれだし。鍛えたい人は鍛えればいい、って感じだし。なんか面倒くさい気がする」

「でも自分を鍛えれば社会の競争に勝てる。それで生活に余裕ができれば嬉しくならないか？」

「別に。欲しいものないし」

「でも結構同人誌とかたくさん買いためてるじゃないか。それも積んだままにして。欲しいから買ったんだろう？」

浩一の部屋にはビニール袋に入ったままの同人誌が山のように積まれている。本当に大切なものなら丁寧に分類して本棚に並べればいいのに、買うことが目的のように思える。いつか読もうと買っておく本など紙くずと同じだ。読んで情報を吸収しないなら単なる金の無駄遣いだ、そう信じていた。

問いに答えない浩一に不二男は苛立ちを覚えた。それならば。一方通行でもいい、俺が正しいと思っていることをできるだけこの旅で伝えよう。努力していれば必ずチャンスが得られる、その積み重ねで人生は変えられるってことを。言うべきことは言う。

翌日、不二男は大きな音に起こされた。すりガラスの窓から音楽が聞こえる。防災無線を使った放送のようだ。なんだか懐かしい気がするメロディー。子どもの頃にラジオでよく流れていた「恋はみずいろ」。時計を見るとちょうど六時。気仙沼の街はフレンチポップスで目覚めるのか。それにしてもなんでこの曲なのだろう。船着き場の碑に彫られたあの演歌で起こされるよりはましだろうが。

昨日買ったパンの残りや魚肉ソーセージを朝食代わりに浩一と食べた。レンタカーは夕方石巻で乗り捨てできるように予約してあり、今日は海岸線に沿ってドライブする計画だった。旅をする以上はそこでしか見られないもの、食べられないものを体験したい。そのためには行き先の見どころや名物をよく調べる。いったん調べ始めると効率よくたくさんの名所を回りたくなる。最後には時刻表や移動時間まで全て確認して過密なスケジュールを作り上げてしまう。行き当たりばったりの旅にも惹かれるが、性格なのかそれができない。

今日の行き先も全て決まっていた。まず気仙沼の北に位置する陸前高田市。陸前高田は以前、海岸線に沿って松林が延びる観光地だった。千本松原と呼ばれた美しい景色が津波で消えた。大量になぎ倒された松林の中で、一本だけ残った松を奇跡の一本松と呼ぶようになった。カーナビに奇跡の一本松と入れてみたが見つからない。震災前の地名しか入っていないようだった。千本松原と入力すると見つかった。あとで浩一にも運転させるつもりでハンドルを握った。

昨日と同様、急な坂道が右へ左へと振れる。海岸線から丘陵沿いに上ったかと思うと一気に坂を下る。下り終えると小さな集落へ入る脇道が出てくる。横目で見やるとそうした集落はどれも入り江を抱えている。小さい湾の一つ一つが代々受け継いできた生活の拠り所なのだろう。家のすぐ前から船を出せば魚が獲れる。生まれた土地から糧を得る暮らしが何百年も続いてきた。世代交代。新陳代謝。これからもそれは続くのか。あるいは。

突然赤茶けた平野が視野いっぱいに広がった。カーナビは陸前高田にいることを示しているが、画面の地図と眼の前の風景が噛み合わない。画面上は前方を横切っているはずの交差路がない。左手が市街地のはずだが何ひとつない。広大な裸地が見渡す限り続く。車の天井よりもはるかに高い盛り土が延々と伴走する中、一直線に道は貫く。

「どこ行くの?」

「奇跡の一本松だ」

「もう通り過ぎてるよ」

「え、本当か?」

速度を落とし首を右に回すが工事フェンスが邪魔をする。突然大きなクラクションが後ろから響いた。銀緑の大型ダンプがミラーに映っている。対向車線もダンプカーばかりで巨大な工事現場に迷い込んでしまったかのようで戸惑いを覚える。Uターンできないかと思いつつ進むが路肩すらない。前に進むしかない。

ダンプに追われるようにしばらく進むと造成地を抜け再び山道になった。パーキングエリアのサインを見て脇にそれる。銀緑の鉄塊がクラクションを長く鳴らしながら通り過ぎる。目の前を次々に大型ダンプが走り去る。丘を削って造られたパーキングエリアから木立を通して海が見下ろせた。どうするか。地図を広げていると、スマホを見ながら浩一が言った。

この先に穴通磯（あなとおしいそ）って観光スポットがあるよ。これは観光旅行じゃない、そう思ったが言わなかった。浩一のスマホには真ん中に穴の開いた岩が海に浮かんでいる。大船渡市のホームページ。陸前高田を通り過ぎ隣の市まで来ていた。カーナビで調べると十五分ほどで行ける。奇跡の一本松は工事中で見られそうにない。計画とは違うが、時間的には余裕があるので行ってみよう。

国道から離れると海がまったく見えなくなった。山里を走っているみたいだ。センターラインのない狭くてうねった道を進む。穴通磯と書かれた広い駐車場に着いた。観光地らしく高さ三メートルはある大きな案内図が立っている。どこが海岸なのか見当もつかない丘の上を表示板に従って歩く。遠くに海が光った。きれいに整備された階段を下り、松林の中を下る。切り立った崖と光る海が同時に現れた。先端の展望台に着いて真下を見る。海面まで二十メートル以上ありそうだ。俯角を上げると三角の岩塊が石橋のように並んでいた。三つの峰の中央に穴が開いていて波が通り抜ける。この見晴らしの良い断崖に、誰かが意図的に造ったのではと思えるほど整っている。

青い空と濃紺の海。鮮やかでフラットなブルー。その紺青を切り裂く黒い岩礁。崖の下から鳥の鳴き声が聞こえる。猫のように柔らかな、それでいて甲高い声。静と動が一つに溶ける。浩一はカメラを手に歩き回り角度を変えてはシャッターを押している。自分もカメラを持ってくれば良かった。この風景を思い出にしたい。そう思えるほど美しかった。一方で、素晴らしい景色の隣に広がる裸地を思う。リズミカルな自然の造形と人工的で無機質な盛り土。相容れない二律が海岸線上で対峙する。自然をいじらなければ成り立たない場所に我々は身を置くしかない。堅牢な岩が何万年もかけて波に穿たれ、動かぬはずの地層がほんの一瞬、揺らぐ。我々は海を美しいと言って眺め、津波を怖いと言って過ごすしかない。

「なかなかいい所だな、ここまで来て良かった」

はるか下の波打ち際にレンズを向けている浩一に話しかけた。返事が返ってこないまま続けた。

「この先にも見どころがあれば寄り道しよう。運転も任せるから」

「え？　運転するの」

「また途中で代わってもいい、石巻まで四時間くらいかかるから」

浩一に運転させたい理由がある。スマホを使わせたくない。助手席に座ればスマホでゲームをするか昼寝するかのどちらかだ。ハンドルを握っていればいやでも外を見る。旅の中で色々なものを見て世の中をもっと知ってほしい。新聞もテレビのニュースも見ようとしない浩一に震災遺構を見て世の中に関心を持ってほしい。窓から街並みや通りの人を眺めるだけでも色々な思索ができる。意識して見ればどんなことからも学べるものがある。気づいてくれと常々思っていた。ネットの世界は誰かが意図的に切り取った人工物だ。生の、本物の世界を自分の目で見ろ。だが口に出して伝えるにはひどく距離が近い。


「車、何時に返すの？」

車のキーを渡すと浩一はスマホを眺めながらカーナビを操作し始めた。

「四時だ」

「寄る場所はどこ？」

計画表に書いておいた目的地を幾つか告げると浩一は素早い指さばきでカーナビに入力してゆく。あっと言う間に最終目的地と経由地が設定された。目的地は一回ずつ入力するものと思いこんでいたが、全ての行程をまとめて登録できると知って驚いた。

「なんだ、そんな使い方もできるのか、知ってたのか?」

「いや、できると思ってやったらできた」

そんな設定をどうやればできるのか、手引書もなしに。これが生まれた頃からコンピュータが家にあった世代とそうでない者の違いなのか。浩一の世界と自分のそれとは何かが根本的に違う気がした。

人と交わることは苦手でも、浩一は機械操作や情報の探し方は人並み以上なのかもしれない。それを使えばもっと良い仕事に就けるのではないか。けれどもその思いはすぐに間違いだと気づいた。浩一の運転は危なっかしかった。下り坂では必ずギアをローに入れ、急に減速させていた。エンジンの大きく唸る音が気になり、壊れるのではないかと思った。

「なんでギアチェンジするんだ?」

「いや、下り坂が多いからブレーキを使い過ぎないようにさ」

「これくらいの坂ならブレーキで減速すれば大丈夫だろう?　もっときつい坂ならエンジンブレーキもいいがそこまでの山道じゃないぞ」

「ああ、そうですか」

不満げに浩一が呟いた。

それからはエンジンブレーキを使わなくなったが今度はカーブで減速しないのが気にな

った。カーブごとにセンターラインを大きくはみ出るので思わず、

「ブレーキ！」

と叫んだ。

「カーブの手前でもっと減速しないと危ないぞ」

浩一は黙ったままだった。友人の車でたまに旅行に行くと聞いていたが、運転はしていなかったのだろうか。そう聞くと友達と交替で運転していた、高速道路も走ったと言う。この運転で高速をと思うと怖くなった。いつか事故を起こすのではないか。


大船渡市から気仙沼市まで戻り南へ進む。その辺りからバイパスは市街地を避け山際に造られている。なだらかで真っすぐな道が続き運転しやすい。ただしすれ違うのも前後を走るのも相変わらずダンプカーばかりだ。日本中のダンプカーがここに集まっているのではないか。あの居酒屋を辞めたという店員もこんなダンプの一台に乗っているのだろう。すれ違う表示板の中に見慣れない標識がある。「ここから過去の津波浸水区間」と大きな文字で書かれている。震災の後で設置された警告板で、下り坂の途中に度々現れる。この道を救急隊員は何度走っただろう。何を見ただろう。新聞の大まかな被災図では到底わからない現実。浩一は何か感じ取っているだろうか。

南三陸市。陸前高田ほど大規模ではないが国道の両脇に盛り土が連なる。エジプトのピ

ラミッドを真似て築き始め、下半分できあがったところで放り出したようなオブジェが幾つも並ぶ。巨大な現代アートだと言われればそう信じられそうな非日常を感じる。盛り土が四方から囲む交差点の脇に赤錆びた三階建ての鉄骨があった。テレビで度々見た防災対策庁舎。防災無線のマイクを握り、女性職員が繰り返し避難を呼びかけた。現在も行方不明。しばらく進むとカーナビが沈黙を破った。この先を左です。間もなく左です。ここを左に曲がります。

「ん？　どこ行くんだ？」

浩一が答えた。

「なんか、この先にも観光地があるみたいだから設定しておいた」

幹線をはずれると道路工事にぶつかるようになった。カーナビがここで曲がれと指示した交差点にはフェンスが立っている。あちこちで「立ち入り禁止」の看板が行く手を塞ぐ。迂回したつもりが同じ場所に戻ってしまう。カーナビが全く役に立たない。こうした道路工事の一つひとつが復興への道のりなのだろう。車が速度を緩めた。神割崎（かみわりざき）という名の岬。駐車している車はまばらだった。浩一が車を頭から突っ込もうとしたので、バックで停めた方がいい、と口を出した。

「いいじゃん、広いんだからどう停めたって」

「いや、バックで停める練習だと思ってやってみろ」

浩一はため息をついてなにかつぶやく。

「なんて言ったんだ？」

「なんでもない」

と言って車をバックさせた。反対側の駐車スペースにそのまま下がっただけでエンジンを切った。

「なんだか曲がってないか？」

「ああ、すみませんね、ヘタで」

浩一のもの言いに腹が立った。

「ヘタだったら練習すればいいじゃないか、誰だって初めはヘタなんだ」

言い終わらないうちに浩一は車を降りてしまった。どうして苦手なことを苦手なままにしておくのだ。問題を避けて通ってばかりではいつまで経っても成長できない。大学を中退したのも苦手な科目から逃げ出したに違いない。そんな回避的な選択を繰り返すうちに他人に都合よく使われる人生で終わる。そんな一生を歩んでほしくない。そのことに早く気づいてほしい。

案内板の先に下りの階段があった。大船渡の穴通磯のような高い断崖とは違い五メートルも下りれば磯浜だった。透明度の高い水の中に不揃いな石が重なっている。手を伸ばして海水を掬う。太平洋。大海嘯をもたらした三陸の海が足元にあった。正面に高さ二十メートルぐらいの岩礁があり、肩のあたりから鋭いV字形に切れている。割れた隙間の向こうから勢いよく波がやってきて足元で砕け散る。寄せ波のスピードが非常に速いのは狭い割れ目で加速されるからだろう。案内板に伝承が書かれていた。この岬で一頭の鯨の分け前を二つの村が争った。決着がつかず激しく憎み合っていた時に落雷で岬が二つに割れた。神を畏れた両村が仲直りをした。憎み合い、争っているところへ次元の違う脅威が現れる。そうなるとがらりと状況が変わる。敵対関係が友好関係に移るのは両者の世界観が広がった証拠だ。だが、俺には無庫川や逆橋を受け入れられる日が来るとは思えない。

浩一はレンズを岩礁に向けている。岩打つ波がやむことなく押し寄せる。ここにも穴通磯のように光が溢れている。美しい風景。大海嘯。どちらも自然の営みだ。はるか昔、地層が揺れながら持ち上がり、たまたま出現した山や平地をわが領土と言う。高度成長期を駆け抜けたあの前衛劇作家の歌を思いだした。

「マッチ擦るつかのま海に霧ふかし身捨つるほどの祖国はありや」

北上川の河口に向かう。曲がりくねった道を抜けると橋梁が見えてきた。黄色のクレーン車が作業をしていたので通行止めかと思ったが渡ることはできた。片側一車線の長大な橋に河口の広さを感じる。橋からさほど遠くない川縁の小学校が震災遺構になっている。二階建ての校舎を超える濁流が児童と教師を襲った。校庭より高い場所への移動中に多くの小学生と教師が命を失った。出発前にインターネットの情報を読んでいるうちに胸が苦しくなった。親は自分を責めていた。なぜ地震のすぐ後で学校に駆けつけなかったのか、なぜ自分だけが生き残っているのかと。そんな場所を訪れてよいものかどうか迷ったが行ってみたい気持ちが勝った。

カーナビが間もなく目的地です、と告げる。敷地の前の広い空き地で降りる。周りに何もない広い河川敷の脇。校舎だけが取り残されてぽつりと立つ。大川小学校。背後に植林された丘。そこに登っていたら助かっただろう。砂利を敷いた空き地を歩く。建物の前の献花台。たくさんの白い花。おびただしい数のお菓子、ジュースのボトル、おもちゃ。来てはいけない場所に来てしまったという思い。あちこち崩れ落ちた校舎の壁、丸見えになっている教室の内部、めくれあがった天井。奥へ歩くと二階建ての教室が横に広がる。半分以上崩落した飾りレンガつきのテラス。隣の校舎に繋がる空中廊下が横倒しになっている。折れてねじ曲がった太いコンクリートの支柱。想像を超える破壊の跡を前にどんな言葉も出てこない。

正午を回った太陽に照らされ、ひとり立っている校舎。野鳥の声の他は何も聞こえない。静かすぎる。美しい山河に囲まれた祈りと悔恨の聖地。校庭の一番奥に彩色された壁があった。卒業制作の壁画だった。卒業年ごとにテーマを決めて描かれた絵が横へ長く続く。人や動物、船などが明るい色調で描かれている。羽ばたく白鳥、漁船、民族衣装を着た外国の子どもたちが地球の上で手をつないでいる。一番奥の壁画が最後のものだろうか、夜空を飛ぶ汽車。車窓から漏れる黄色い光。その脇に立つ帽子とオーバー姿の男の影。東北を代表する童話作家であり詩人でもあった男のシルエット。俯いた男の脇にペンキで書かれた言葉。

「世界がぜんたい幸福にならないうちは個人の幸福はあり得ない」

遠慮がちにシャッターを押していた浩一と合流し車まで戻る。向こうから白いワンボックスカーと黒いセダンが入ってくるのが見えた。礼服に黒ネクタイをした男や黒いスーツを着た女たちが降り立った。俯いて校舎に向かって行く。不二男たちと入れ違いに。手には数珠や白菊の花束。浩一の大きなカメラを見咎められるかと思ったが、何も言わず通り過ぎていった。

ここから石巻の中心に向かい、レンタカーを返せば旅が終わる。ただ、もう一つ寄りたい場所がある。宮城出身の著名な漫画家の記念館。最も知られた作品は「サイボーグ００

9」。九人の改造人間が悪と戦う。細密な描画がSF漫画にぴったりだった。巨人の星と同様にアニメ化され、劇場用の映画も作られた。自ら望んだわけではなくサイボーグにされた若者たちのデリケートな心理描写や反戦的なメッセージが大人にも共感を呼んだ。時代は古いが浩一と一緒に眺めれば何か共通の話題を見つけられるのではないか。事前に調べたところ記念館も被災したが今は復旧している。直筆の原稿や原画の展示は二階と三階だったので被災を免れたが、一階はヘドロや瓦礫で埋め尽くされ、再開までに一年半かかったそうだ。ここにもわずかな高さで分けられた運と不運があった。

「じゃあ行こうか、あとは石巻の記念館だけだ」

「どこで昼を食べるの？」

「決めていない。途中で寄れそうなところがあったら車を停めていいよ」

「ていうか、市内まで運転しないといけないの？」

「疲れたなら代わるけれど、普段運転しないだろう、練習と思ってやればいいじゃないか。さっきもきちんと枠の内に停められなかっただろ」

「はぁ？　街中でミスってもいいんならやりますけど。腹減ったんだよなー、はぁー」

浩一の言葉にむっとした。

「車庫入れできなくて運転できますとは言えないだろう」

北上川の堤防の上を遡る。左右に広がる水田がずっと続くばかりで家一軒見当たらない。

不二男も空腹を感じていた。朝食は菓子パンをかじっただけだ。今日もコンビニでというのも味気ないが、そのコンビニにさえ出会わない。結局一時間近く走り続け石巻の市街地まで来てしまった。交通量が増え、信号も多くなってきた。カーナビに漫画記念館まであと一キロほどと示される。赤信号で停まった時、前方に大きな和風レストランが見えた。

あそこで何か食べよう、と指で示す。浩一は返事をせず車を進めた。なんだ、何が気に入らないんだ。さっきの怒りがまた浮かんできた。広い駐車場に乗り入れる。昼食の時間帯からずれたためかパーキングはがらがらだった。浩一はレストランの脇に頭から突っ込むかたちで車を入れようとした。

「ここじゃなくて、バックで奥のスペースに停めなさい」

「え、ここの方が店にすぐ入れるじゃん」

「練習しよう、バックして車庫入れだ」

「はぁあー?」

「ここは広いから人の迷惑にならない。こういう所で練習しておけば街中の運転も平気になるさ。時間はまだあるから、できるまで何回でもやってみろ」

明らかに不満の表情を見せ浩一はギアをバックに入れた。その様子を見て不二男は気がついた。バックなのに全く後ろを見ていない。よく見るとカーナビに背後が映っている。

車載カメラだ。画像にかぶさるように二本の直線が示されていた。駐車用のガイド機能だった。こんなもの使っていたら上手くなれるはずない。ハンドルさばきは目と手で覚えなきゃだめだ。案の定ラインを大きくはみ出て停まった。

「だめだな、やり直そう、降りて見てやるからもう一回」

不二男は運転席側に回ってウインドーを下げろと言った。けれども浩一は無視し、さっきと同じやり方で車をバックさせようとする。

「停めろ、おい！　何で前向いてるんだ、バックするんだろ、後ろ見ないでどうする！」

不二男は怒鳴り、ウインドーを下げさせた。浩一が睨むように顔を向ける。

「もう、いい加減にしてよさっきから！　何でこんなことしなくちゃいけないんだよ！」

「怒ってるのか？　落ち着け。練習すればできるようになるんだ、諦めるな」

「練習、練習って言うのやめてよ！」

「いいからもう一回やってみろ、窓から首を出せ。自分の目で見ろ、後ろを見ながらハンドル切れ」

その直後だった。エンジンが唸り猛烈な勢いで車がバックした。あっという間だった。車体の後ろが飛び跳ね、もの凄い音が駐車場に響いた。止まった車を見て愕然とした。車の尻がフェンスを押し倒していた。運転席に駆け寄ると浩一はこわばった顔で前を向いていた。後ろに回ってさらに驚いた。フェンスの先は深い用水路だった。車体のちょうど中央がフェンスの土台に乗り上げていて車がシーソーのように揺れている。前輪が宙に浮きくるくると回っている。後輪も同じく宙に浮いていた。後ろの半分は用水路の上に浮いていた。もっとスピードが出ていたら用水路に落ちて引っくり返っていただろう。

茫然として座ったままの浩一に怒鳴った。

「何やってんだ！　早く降りろ！……いや、ゆっくりだ、ゆっくり降りてこい」

浩一が降りる時にバランスが崩れ用水路に転落するのではないかと気が気ではなかった。浩一に怪我はないようだった。振り返るとレストランの通用口から制服を着た女性がこちらを見ていた。信号待ちの運転手が窓越しに様子を窺っている。あれほど大きな音だ、気づかぬ人はいないだろう。もう一度車を調べる。フェンスに突っ込んだ後部はブレーキランプが割れて赤い破片が路面に飛び散っていた。トランクもつぶれていた。バンパーはねじれて外れかけている。破損の具合から見て相当強くアクセルを踏んだに違いない。

「どうしたんだ」

「……なんか、ブレーキと間違えた……」

不二男ははっとした。俺が無理強いをしたために浩一はひどく興奮したのだ。ブレーキと区別がつかないほど、蹴とばしたいほどの怒りがアクセルを思い切り踏ませた。逃げ場のない車内で父親にあれこれ責められ、苦手な街中の運転までやらされた。それに長時間の運転と空腹。疲れ切っていたのだろう。なぜ気がついてやれなかったのか。

帽子をかぶった店長らしい男が心配そうに近づいてきた。

「大丈夫ですか、怪我は?」

自分より先に浩一が頭を下げた。

「すみません、フェンスを壊しました」

「怪我はないですか?」

「はい、大丈夫です」

不二男がその言葉を継ぐ。

「申しわけありません、これから保険会社に電話してどうすべきか聞いてみます。あとでまたお店に報告にあがります」

保険会社の指示に従い、レンタカーの会社、警察の順で連絡した。浩一は車の脇にずっと立っていた。用水路の奥にあるアパートから年配の女性が自分たちを見ている。通りかかった中年の男が自転車にまたがったまま眺めている。見知らぬ人たちが好奇心をあらわにして、後ろ半分が宙に浮いた車を遠巻きに見ている。これ以上野次馬が増えないでほしい。保険会社の指示でロードサービスに電話をした。両輪が地面から浮いているから大型のクレーンで吊り上げなくてはならないだろう。初めにやって来たのはパトカーで、二人の警察官から事故の状況を尋ねられた。ブレーキとアクセルを踏み間違えたと浩一は説明したが理由までは問われなかった。車検証をと言われ浩一はすぐさま車からファイルを取りだした。その機敏さに不二男は感心した。警察官への説明も落ち着いていたし言葉遣いも丁寧だった。もう二十六。まだ二十六。

人身事故でも公道上でもないため警察官は事務的に記録を取り終えるとすぐパトカーに乗った。

「怪我がなくて良かった、気をつけて帰ってください」

「お手数をかけました」

「すみませんでした」

親子で口々に挨拶した。

ロードサービスが来るまでの間、することもなく浩一と立っていた。どこからやってきたのか、白髪の老女が近づいてきた。小柄で普段着姿、サンダルを履いている。何をしに来たのだろう。野次馬か。

「あんだら、だいじょうぶけ？　やぁびっくりしたなぁ。まぁこれ飲んでおちつぐとえぇ」

そう言って何か差し出した。筋ばった皺まみれの両手に一本ずつ缶ジュースを握っている。その自然なしぐさに流され、言われるまま受け取った。

「そごのさ、アパートから見でたのよ、どぉーんって、でかい音しでさ、なんだぁーって」

「すみません、ご迷惑をおかけして」

「いいがらさ、冷たいうちに飲んでゃ、おぢつぐがら。そごの販売機のだけどな。そんでけがねがったぁ？　そう、まぁけがねぐてよがった。どっから来たの？　さいたま？　そりゃあ大変だぇ、とおぐからこんなとこまで。まちょっと飲んで元気だして」

前歯のない口でやさしく笑った。ひとしきり話し終えると老女はゆっくり去っていった。まぁけがねぐてよかった、まぁまぁ。

二人で車止めのブロックに腰かけてジュースを飲んだ。柑橘系のさわやかな香りと冷たさが空腹にしみていく。浩一が口を開いた。

「修理代、自分で出すから、ごめん」

「違うんだ、お父さんが悪かった。無理やりにさせたからだ。ごめんな」


二十分ほど待っているとレッカー車が青いユニホームの男を二人乗せてきた。用水路まで下りて車の底を調べた後、ウインチで引っぱり出すしかないと告げた。フェンスの土台で腹をこすってしまうが他に方法がない、と言う。ワイヤーを屋根に回して吊り上げられないかと尋ねたら、屋根が車の重みで曲がってしまうだろうと返された。プロに任せるしかない。ワイヤーを掛けたウインチが動き出す。車の腹がフェンスの縁にこすられ甲高い金属音をまき散らす。野次馬が遠くから見物している。慎重に引き出されやっと両輪が地面に戻った。エンジンは問題なくレンタカー会社まで走れそうだが牽引を頼んだ。今日はもうこれ以上のトラブルは起こしたくない。浩一はレストランの店長に挨拶に行き、フェンスは保険で修復しますと詫びた。

スマホでタクシーを呼びレンタカー会社へ向かう。車の修理は保険でカバーされるが、牽引サービスの五万円は自己負担になると言われた。お怪我がなくて幸いでした、と店員に見送られた。昼食も摂れず、漫画記念館にも行けなかったが車の返却時間には間に合った。石巻駅に着く。予定通りの時刻に電車が到着した。仙台駅では乗り換えの時間が短くホームまで駆け上がる。新幹線に乗り込むと同時に扉が閉まった。

間もなく旅が終わる。何のための旅だったか。もともとは就活で塞いだ気を紛らわすつもりだった。浩一はなぜ一緒に行くと言ったのか。息苦しいはずの父親との旅にどんな期待があったのか。その浩一を傷つけてしまった。困難から逃げようとしていると思い込み、押さえつけて従わせようとした。他人であれば、深追いはしなかっただろう。どうぞご自由に、と放任しただろう。どうして家族に対してはこんなに怒りが激しくなるのか。あの時、駐車のやり直しにこだわらなかったら。もっと他のやり方はなかったか。だが。終わったことにもしも、はない。

突然、ずっと昔、妻が言った言葉を思い出した。

「諦めずに、言い続けるのが親じゃない！」

英国に住んでいた頃、浩一のしつけのことで陽子と口論した。何が問題だったのかもう覚えていない。陽子はしつけに厳しかった。不二男は陽子の息子への叱責を幾度も耳にしていたし、浩一はいっこうに従おうとしなかった。繰り返されるやり取りに辟易して陽子に言った。

「もういいじゃないか、わからない奴は一生わからないままでいくしかないんだから」

あの時ほど陽子が顔色を変えて怒ったことはなかった。不二男は何も言い返せなかった。陽子が自分を避けるようになったのはあれからだったかも知れない。


ついで老女のことを思った。一人で駐車場にやってきた。何の衒いもなく、ごく自然にやってきた。缶ジュースをただ渡して去っていった老女。彼女は被災者か。いや、被災したかどうかなど、今日の彼女にとってはどうでもいいことだったのだろう。自分はどうだ。被災地を見て何を感じた。実のところ、自分以上に酷い目にあった人を見て気分転換をしたかったのではないか。脈絡もなく、若い頃見たフランス映画を思い出した。古い、白黒映画。警官を殺した男の逃避行。主人公は追い詰められる。逃げきれない。刑事に撃たれる。ラストシーン。モノトーンの画面の中で男が呟く。

「俺は最低だ」。

旅が終わる。気仙沼で出会った人たち。彼らは逃げない。逃げられない。逃げられないからその場所で生活を立て直すしかない。失われたものはどうあっても元には戻らない。手元に残ったものを掻き集め新しいことを始める。体を動かす。女将は無事だった二階を使い旅館を再開した。店長はまた包丁を握って仮の居酒屋を始めた。民宿の経営者から盛り土運びのダンプカーに乗り換えた男。復興を目指す人々に初めから勝算があるわけではない。いつもの延長線上に未来があるのではない。もがいているうちに偶然何かに気づく。使えそうなものは何でも試す。歩くことができる間は歩く。

駅弁で空腹を癒すと疲れがどっと押しよせてきた。しばらくうとうととして目が覚めると浩一はカメラをいじっていた。

「どんな写真撮ったんだ、見せてくれ」

液晶画面を不二男に向けながら浩一は操作ボタンを押した。船着き場や半壊した商店が写っていた。

「ずいぶんたくさん撮ったな」

「全部で二百枚ぐらい」

「そんなにあるのか、ちょっと貸してくれ」

不二男はカメラごと受け取って一枚ずつ見始めた。見慣れない風景が出てきた。

「どこだこれは」

「どれ、ああそれ別の町」

「こんなのいつ撮った」

「夕方。飯に行く前。なんか大型の船が放置されてるってネットで見たから」

ボタンを押してゆく。巨船が写っていた。一緒に写っている信号機よりも甲板が高いところにある。長々と横たわり交差点の向こう側をふさいでいる。異様さと圧倒感の同居。

ボタンを押す。住宅街だったと思われる更地が広がっていて遠景に同じ巨船が見える。コンクリートの土台、ねじ曲がった鉄筋。タイル張りの床。風呂場だったか。別の画像。捨てられたシャベルの真っ赤な錆。それを埋めるように咲き乱れる黄色い花。視点を変え構図を変えた画像が次々に現れた。それらの中に言葉では言えない何か強いメッセージを感じた。

ある画像で指が止まった。親子らしい二人の背中が写っている。家の土台に男が立つ。その横に男の子がしゃがんでいる。男は両手を垂らして立ち、遠くを見ている。子どもは頭を下げて何かを拝んでいる。二人の背中がオレンジ色に染まっている。

「これは？」

「望遠で撮った。勝手に撮ったからまずいとは思うけど」

「でも、いい写真じゃないか」

「カメラがいいだけだよ」

間もなく大宮駅ですと車掌が告げた。

はじまりの始まり

こんにちは、初めてのご利用ですか？　はい、個別相談をお願いしたいのですが。不二男が浦和にあるハローワークの分室を訪れたのは九月の四週目だった。先週、地元のハローワークで「中高年支援コーナー」と書かれたパンフレットを見つけた。専任のキャリアカウンセラーが個別相談に応じますとあった。新橋の再就職支援センターで定期的に面談している金井静江は表情こそにこやかなものの、最近は会話がぎこちなかった。講師の仕事を自分で検索してみたがパソコン教室のインストラクターや学習塾の経営者ぐらいしかない。しかも賃金が低すぎる。行き詰まりを感じ金井以外のキャリアカウンセラーに相談してみたくなった。

浦和の中高年支援コーナーは厚生労働省配下のハローワークと埼玉県が共同で運営している。国と自治体による実験的なサービスで、まだ全国で二ヵ所しかない。戦後間もない頃、職業紹介の役割は当時の労働省に委ねられた。職業安定法に従って全国に設置した職業安定所の略称、「職安」はなんとなく暗い響きがあった。そのイメージを拭い去るためか「ハローワーク」に改名したのは平成になってからだった。全ての都道府県に労働局が置かれ、その配下にハローワークが設置された。埼玉県内では主要な自治体に十ヵ所以上あり、さらに市役所などにも出張所が置かれている。ところがある時全国知事会から、職業紹介は自治体の行政サービスとして国から移管すべきとの議論が持ち上がった。その結果、権限の地方移譲のアクション・プランが閣議決定され、試験的に国内で二ヵ所、埼玉県と佐賀県に「ハローワーク特区」を作って移行の可能性を検証することになった。さいたま市にこの施設が作られたのは不二男の会社が早期退職制度を開始する半年ほど前だった。国と自治体の間の縄張り争いにも見えるが、失業者から見ればよいサービスならどちらでも構わない。

不二男は申込書に記入して待合に座った。新しい施設だけにカルチャーセンター風のレイアウトでお役所っぽくない。しばらくすると白髪で小太りの男性が声をかけにきて面談ブースに招かれた。新橋の再就職支援会社のような個室ではなかったが、ハローワークよりも高くて長いパーティションで区切られていて隣席の気配が伝わりにくい。

「えっと、諸江不二男さん、はじめまして、谷内(たにうち)です」

体も顔も丸々としたカウンセラーがにっこり笑った。首から下が相撲取りのような体形で腹が突き出ている。髪は見事なほど真っ白だった。

「さて、今日はどんなご相談でしょうか?」

不二男はリストラに遭い就職支援会社を使って就活しているがなかなか就職できないと伝えた。

「そうですか、これまで何社くらい応募されました?」

「十社ほどです。書類ではねられることも多くて、面接に呼ばれたのはまだ一社だけです」

「十社で二社ですか、あと一社なら三社で三割バッター、そこそこの成績という感じですねぇ。でも、ちょっと少ないかなぁ」

「ええ、打率二割、というところです」

「あ、いやそうじゃなくてね、応募した会社の数、十社はまだ序の口ですよ」

「はぁ、そういう話は聞いたことはありますが、年齢の倍の数応募するって」

「そうそう、そういう伝説、あるんですよね。でも案外伝説でもないんです。私なんかね、諸江さん、全部で百七社受けましたよ」

「え?」

「うん、今の仕事に落ち着くまでね、あっちこっち探してさがして。百七社目にやっと見つかったんです。私ね、総務に三十五年いて、心臓発作で辞めたんだけど、次の会社が結構きつくて二年で退職。それでこの仕事に、百七社目でね……えっと、今日は職歴書みたいなの持ってます?」

普段持ち歩いている職務経歴書を差し出す。

「ほぉ、ほぉ、なるほど、ふぅーん」

目を通しながら声をあげ、

「諸江さん」

と呼びかけた。

「大したものですよ、さすが大企業の部長さんだけある、これだけの経歴を持っておられればきっと見つかりますよ」

「いや、支援会社のカウンセラーも最初はそう言っていたんですよ。でももう三ヵ月経ってしまって」

「大丈夫、なんとかなりますよ。もう十社、じゃなくて、まだ十社なんだから。年齢が上がると会社側も選り好みが強くなるから、もっともっと応募してみてください」

カウンセラーの谷内啓介は自己紹介がてら自分の過去を披露した。この職に就くまでの二年ほどパソコン教室のインストラクターをしていた。その前は三十五年間ずっと総務人事をしていたが夜遅くまでの残業と頻繁な飲み会がたたって心筋梗塞で倒れた。療養に三ヵ月要したがその間に会社は他の人間を雇った。自分の復帰を待つ余裕などない小さい会社の総務部だっただけに経営の厳しい状況は知っており、抗うことなく辞めたと言う。その後で就職したパソコン教室のインストラクターも結構きつい仕事で、夜の十時過ぎまで残業することもあり、再び倒れてしまった。妻から心配だからもうやめてと言われ退職。結局今の仕事に一年前に就いたのだと言う。

「百七社、これまでにね。あと一社で百八だから、人間の煩悩の数まであと一つ。一つ足りないから悟りも開けなかったけどね、わはは」

　自分で自分を笑い飛ばし、明るく話す谷内に惹かれた。


　その日以降、不二男は週に一度は谷内啓介に会いに行くようになった。谷内は金井静江と比べるとソフトなタイプだった。金井が理詰めで選択を急がせるのに対し放任とも思えるような緩いカウンセリングだった。冗談を言い、楽観的でもあった。不二男はこれまで誰にも言えなかった思いを吐露した。

「この歳にして迷うのも恥ずかしいですが、色々な経験をしてきたし、自分ではなんでもできそうな気はしているんですよ。だから逆に何を仕事にすれば良いのかわからなくて」

「諸江さん、私は占い師じゃないから未来は読めないけど、レストランで料理を選ぶのを人に任せる人はあまりいないよね。ウエーターに何でもいい、あんたが決めてくれって言う人はいないでしょ。自分で選ぶ。不味かった時はいい経験だったと思う。食べてみないとわからないでしょ。諸江さんは、論理的な人だから抵抗感あると思うけど、じたばたするっていうのも一つの作戦なんだよ」

応募しなくては何も始まらないのはわかってはいたが、働いてみて合わないと思って辞めるのはリスクが高すぎる。だが谷内の言うとおり、色々と試行錯誤するしかないのだろう。

「諸江さん、これまでの仕事の中ですごく嬉しかったのって、どんな時だった？」

それは幾つか挙げられるがと前置きして記憶を呼び起こした。そして最後の職場で担当したあるプロジェクトについて語り始めた。

ホームで電車を待っている間ずっと谷内カウンセラーの言葉を反芻していた。資格を取るのに半年はかかる。半年で取れる保証はないし資格が取れても就職できるとは限らない。半年後はもう五十七だ。だめだ、そんなリスクの高いことはできない。だが、あと百社も応募するなんて、もっと気が滅入る。資格を取る。もしうまくいったら。しかし、そんなに簡単にいくだろうか。

電車がホームにすべり込んできた。ドアが開くと同時に陽子の言葉を思い出した。

「やってみないでわかるわけ？」

……そうだ。

不二男もかつて顧客に対してそう呼びかけていた。どうでしょう、試しにやってみませんか？　やってみなければわからないこともありますよ。上手くいかなくても、このやり方はだめだとわかるのですから、それも一つの成果です。また別のやり方を考えればよいのです。しばしばそんな提案をしていた。それが、自分のこととなると臆病になる。他人にはもっともらしいことを言えたのに、偉そうな顔をして。カウンセラーの「じたばたする」と陽子の「やってみないでわかるわけ？」が心の中で重なった。

自宅に戻ったのは夕方だった。玄関をあけると銀色のミュールが目に入った。ずいぶんかかとが高い。二階から誰か下りてくる足音が聞こえた。紗希だった。

「あれ、どうした、今日は仕事休みか」

「うん、シフトで休み。引っ越し前に掃除しとこって思ったんだけど、やること何もなかった」

二年前に出ていった後、紗希の部屋には、ベッドとカメレオンやアルマジロなどちょっと変わった動物たちの大きなぬいぐるみ、それに本棚と衣装ケースが残されていた。いつ戻るとも知れない紗希の部屋を陽子は毎週掃除し、ぬいぐるみも晴れた日に虫干ししていた。

今夜は泊まっていくと言う。陽子はいつになく手の込んだ夕食を作った。紗希の好きなアンチョビと生クリームで和えたポテトフライも食卓に並んだ。

「おー、久しぶりだね、これ大好きー」と皿に山ほど盛る。三人で食べ始めて間もなく浩一がアルバイトから戻ってきた。

「なんか今日は違う、料理がおしゃれっぽい」

そう言いながら浩一も食卓に着いた。久しぶりに四人が揃った。紗希が戻ってくれば昔通りになる。だがいつかは子どもたちも違う街で違う生活を始めるだろう。むしろそうあってほしい。それまであとどれほど時間が残っているだろうか。


「あのさあ」

紗希が浩一に話しかけた。

「カメラのことだけど、兄ちゃんのみたいな一眼レフ、友達があゝいうの欲しいって。いくらぐらいする？」

「安いのなら五万で買えるけど高いのはきりがないな。一眼レフは重いから女向きじゃない。コンデジでいいんじゃないの？」

「いや、女じゃないし」

「ん？　友達って男か？」

不二男が割って入った。

「ああ、うん。今度連れてこようかな」

残り時間は案外短いかもしれない。

浩一は自分のカメラを取り出してしゃべり始めた。

「ミラーレスとかレンズの互換性とかそれぞれ癖があるから何を撮りたいかで決める方がいいと思う。こいつは人物撮影に向いてる。このレンズと合わせるとぼかしの出し方もいい感じだし」

横で聞いていた不二男は思った。普段は無口だがしゃべる時にはしゃべるのだな、それもけっこう自信を持ってしゃべっている。好きなことなら放っておいても自分で調べる。わかればもっと詳しく知りたくなる。そんなところは俺に似ているのかもしれない。


浩一が撮ったあの写真を思い出した。流された家の土台にたたずむ父と子。自分に非などなくても突然災いはやってくる。家を失う。家族を失う。非常が無常を呼ぶ。これからもそれは続く。人を選ばず。災いの受け止め方は人によって様々。どれがどれより辛いかなんて比べられない。

正。あるべきこと。非正。あるべからざること。現実を受け入れるのは恥辱ではない、たぶん。きっと。受け入れた現実を何と呼ぶか。「試練」か。明るさが見えない未来を受け入れて、立ちあがる力が出てくるだろうか。絶望しない、期待しない、受け入れる。そして諦めない。そんな風に生きられるだろうか。いや、生きていきたい。

誰に、というのではなく三人に聞かせるように不二男が口を開いた。

「あのな、次の仕事のことだけど、キャリアカウンセラーになろうかと思うんだ」

「え、何それ？」

「失業した人が就職できるように色々アドバイスする仕事なんだ」

「え、だって今、その失業した人本人じゃない」

「そうだけど、資格が取れればなれるかもしれないんだ。半年ぐらい勉強しなくちゃならないけどな。授業料もかかるけど」

いくらぐらいかかるの？　と陽子に聞かれるだろうと身構えた。陽子はしばらく黙っていた。

「いいんじゃない、やってみたら」

何か生温かいものが腹の底から込み上げてきた。自分は一人ではない。陽子がいる。そしてまだしばらくは一緒にいてくれそうな子どもがいる。

目が潤んできた。なんだ、そういうことか。俺は、応援してもらいたかったのだ。妻や子どもから「頑張って」と言ってもらいたかったのだ。いい歳をして。夫なのに。父親なのに。なんてかっこ悪いんだ。最低だな。

では次回は履歴書の下書きをお持ちください。特に志望動機は大事ですからよく考えてきてください。会社のホームページもじっくり読んで、この会社だからこそ応募したいという理由を考えてきてください。面接でもきっと質問されますから。それと、次の応募候補も考えておいてください。一つ目で決まれば言うことなしですけど、一回で内定する方はなかなかいませんから。通常、自分の年齢の二倍くらいの数を応募しないと気に入った会社に巡り合えないと言われています。これって案外伝説じゃないんですよ。でも大丈夫ですよ、諦めずに応募していけば、きっといい出会いがあるはずです。私も応援しますから。そう言って不二男は予約票を相談者に手渡した。

窓から爽やかな風が入ってくる。窓のすぐ下の植え込みのつつじが開花し始めた。きれいに丸く刈り込まれたつつじが巨大ななまこのように見える。緑色のなまこの背に赤やピンクの星がびっしりと埋め込まれている。鮮やかなコントラストの吹奏楽。駐車場の奥に等間隔で立つハナミズキも一斉に花開き空を仰ぎ見ている。陰鬱な冬が去り、まばゆい光が降り注ぐ。いい季節になった。

――三年後――

ハローワークの職員に採用され三年目に入った。なんとか落ち着いてきたかな。何をしていただろう、あの頃は。そうだ、街の中を歩き回っていた。身を隠す場所が欲しくて神田の図書館にも。今ここでこうしている自分などあの時には想像もできなかった。不二男は相談の記録を職員用システムに入力し終わって壁の時計を見た。四時半だった。今日は金曜日。もうすぐ今週も終わる。明日はスポーツセンターだ。

ハローワークの職業相談は相談者によって窓口が分かれている。表向きにはわかりにくいが、生活保護を受けている人、障害者、シングルマザー、卒業して三年以内の若者などで相談部門が異なる。障害者の支援には専門的な知識が求められるし、生活保護を受けている人には市役所と連携して就職口をあっせんする。不二男の役割は早く就職したい人や応募書類の添削を希望する人を予約制で支援する。相談時間は最大で一時間。やりたい仕事がわからなくなった若者にパソコンでの適職診断を勧めたり、中高年でも希望があれば履歴書の添削や面接の練習をしたりする。次回会うまでにするべきことを宿題にして、就職活動のペースを作ってゆく。なかなか決まらずに半年近く通う人もいる。こだわりが強い人には時間をかけ、少しずつ自分の課題に気づけるように働きかける。

相談者は自分の不遇や辞めた会社がいかに酷かったかを吐き出す。年齢の高さや自分の能力のなさを嘆き、もう就職できないのではと悲観する。彼らの言葉に耳を傾けている間にずしり、と重たいものが体の奥に溜まっていく。一日に五人六人とその思いを受け止めていくと、その日の終わり頃にはぐったりする。自宅に戻って新聞を読んでいるうちに居眠りしてしまうことも少なくない。負のエネルギーが澱（おり）となって蓄積されてゆく。

その澱を放出する場所を見つけた。スポーツセンターのトレーニングルーム。今では行けば三時間は体を動かす。バーベルを使った筋力トレーニング用のマシンで三十キロのバーベルを五十回。腹筋用のベンチで八十回、それを二クール。ステップマスターで踏み台昇降三十分を二クール。他にも色々なマシンを動かしているうちにたまっていた澱が噴き出す。下着もウエアもぐっしょり濡れる。更衣室でシャワーを浴びてさっぱりするとチャージが完了する。通い始めた頃は二十キロのバーベルでも辛かった。バーベルを上下するたびに無庫川の顔が浮かんだ。重さに抗って震える上腕筋に恥辱が交差した。それが一年過ぎ二年経つと無庫川の顔は思い出さなくなった。それよりもおもりを少しずつ増やすのが楽しみになった。時々自分の二の腕を触ってみる。この年齢でも続ければ筋肉が増えていくことを知った。気仙沼の復興屋台村で会った救急隊員を思い出す。日焼けして引き締まった上半身。少しは彼に近づいただろうか。

続けて対照的な体形だった谷内カウンセラーを思い出す。今はどこでどうしているだろう。昨年さいたま市のあの施設に電話をしたがすでに退職していた。俺のカウンセリングは谷内さんに近づいただろうか。あの時のやりとりを思い出す。

「諸江さん、これまでの仕事の中ですごく嬉しかったのって、どんな時だった?」

あのプロジェクトは今でも鮮明に覚えている。最後の職場、コンサルティング事業部に異動した直後だった。事務用品の販売会社の業務効率化を依頼された。当時事務用品はインターネットで発注するのが常識になりつつあった。翌日お届けします、もう在庫を持つ必要はありませんと大手の商社がテレビで派手に宣伝していた。不二男が担当した会社もネット販売を始めたが多くの顧客は従来通り電話で注文していた。小さな会社でコールセンターなどなく、注文は営業部門の事務員が受けていた。客は電話でいつものコピー用紙二箱、と言えば済む。それがどのサイズでどのメーカーの用紙か調べるのは営業事務の仕事だった。過去の注文記録を調べて伝票を起こす。大手商社との競争もありその日のうちに手配を完了させなくてはならない。十人の女性社員が頑張って残業までしていたが限界にきていた。

不二男たちは関連部門へのヒアリングから始め、作業手順や伝票の流れなどを詳細に調べた。すると異なる部署で同じ作業をしていることや地方の営業所で行うべきことを本社が行っていることなどが見えてきた。原因は度重なる組織変更にあった。異動してきた管理職が現場を理解せずに新しいやり方を押しつけていた。部門間の役割見直しが必要なのに管理職は何をどう変更してよいのかがわからず現場任せにしていた。時間が経つにつれ部門間の仕事の押し付け合いが増えていった。しわ寄せが営業事務に流れてきた。女性たちは仕事のやりにくさを何度も上司に訴えていたが何の対策も講じられなかった。諦めムードの中、事務員は思い思いに工夫して部門ごとの勝手な要求に対応していた。

不二男たちは営業部長や地方の支店長も巻き込んで課題を指摘し改善案を示した。新しい手順を試験的にやってもらったところ、作業時間が大幅に減った。不二男は、転職まで考えている女性もいる、管理職は部下の問題を放置するべきでないと伝えた。よく教えてくれた、恥ずかしいが我々だけではわからなかったと役員は言い、すぐに正式な業務手順として採用すると約束した。翌月から事務員の残業がほとんどゼロになった。

そのプロジェクトの打ち上げ会は不二男にとって忘れがたいものとなった。女性社員の代表から思わぬ贈り物を受け取った。外国製の高級ボールペンだった。皆で少しずつお金を出し合いましたと言われた。


不二男は改めて思った。そうだ、あれが今の自分に繋がっている。あの時、谷内さんはこう言ってくれた。

「それは嬉しかったでしょう」

「ええ、自分のことを事務員の人たちが見ていてくれたんだなあって」

「諸江さんだけ記念品貰って、仲間は焼きもち焼いたんじゃない？」

「いや、笑ってましたよ。クラブのホストみたいだったと言いいながら」

不二男は事務員の業務をじっくり見たいと思い一人ひとりの後ろから作業を観察しようとした。だが椅子に座ると通路を塞いでしまう。立つと机上の書類の字が小さくて読めないし質問もしにくい。やむをえず机の脇に両膝をつき間近で観察した。何をパソコンに入力したのか、それはなぜか、その伝票はどこへいつ回すのかなど、事細かく質問した。社員が伝票を他部署に届ける時はその後を追った。伝票の種類や回送先、業務画面の番号や出現順序など、全てノートに書きつけた。膝立ちのまま女性に寄り添う姿をホストだと仲間に揶揄された。

「あぁ、そりゃホストみたいですね、確かに。まぁストーカーと間違われなくてよかったね、ははは」

カウンセラーの冗談に不二男も思わず笑った。谷内さんは自分の話を熱心に聞いてくれる、それが不二男を元気づけた。

「諸江さんは、人への好奇心が強いのかな?」

「ええ、そういうところはあると思います。子どもの頃、転校生には一番最初に声を掛けていました。この子はどんな子だろうってすぐに興味を持ってしまうんです。職場でも本当に相手のことを知りたいと思ったら差し飲みに誘っていました」

「ふぅーん、差し飲みの方がよくわかると」

「はい。ただ、一対一で飲むと愚痴を言われることも多かったです」

「聞き上手なんだ、諸江さんは」

「いや、それはわからないですけどね、話しやすいように見えるのでしょうか」

いつもになく不二男は饒舌になった。

「そっかそっか、んー。……諸江さん、カウンセラーの仕事とか考えたことあります？」

「え……？　ああ。そう言えば適性診断では心理カウンセラーが一番でした。でもこれから大学院行ったら就職できるのは還暦ですよ」

「それはね、臨床心理士ならばそうでしょうけど、キャリアカウンセラー、私が今やっているこの仕事、半年ぐらい勉強すれば資格取れますよ。ただ資格取れても就職の保証はないけどね。リスクはあるけど、やってみてはどうですか？」


やってみたら？　あの日自宅に帰った後、陽子もそう言った。翌月から資格取得の講座に通った。毎週末、朝九時半から夕方六時まで、終日授業を受けるのは疲れたが内容は面白かった。受講者のほとんどは三十代前後の会社員で、会社の人事部や人材サービスの会社から来ていた。失業者は不二男一人だけだった。資格試験は年に四度あるが不合格で再挑戦するとなると失業状態がまた三ヵ月続く。一回で合格しなくてはならない。時間の全てを勉強にあてた。学科試験の対策は大学受験を思い出し専門用語のカードを作って頭に叩き込んだ。実技試験はさらに難しい。試験官の前で相談者役のモデルを相手にカウンセリングをしてみせなくてはならない。十五分で悩みを聞き出し、相談者の課題を考えて今後の方向性を提案する。続く口頭試問で自分の見解を五分以内で説明しなくてはならない。モデルの設定は学生、転職希望の営業、定年間近の製造員など様々で、ああ言えばこう言うタイプや、思い込みが強いタイプなどが用意されている。どんなモデルが出てくるかはその場にならないとわからないので準備のしようがない。実技試験の対策セミナーも追加の金を払って受けたが、質問のし過ぎを注意されたり、打ち出した提案に根拠がないと言われたり、あるいは躊躇しているうちに時間切れで相談者の課題がわからずじまいになったりと難しかった。

キャリアカウンセラーという選択はリスクが高すぎたのではと悩んだこともあった。ただ、自分自身が失業した当事者だけに相談者の気持ちはわかりすぎるほどわかる。転職まで考えている女性社員を助けたい、あの時の気持ちを思い出そう。精一杯相手のことを考える、逃げない。覚悟して試験に臨んだ。幸いにも一発で資格を得ることができ、折よく出ていた求人に応募したら運よくハローワークに採用された。リスクは大きかったがなんとか乗り越えられた。非常勤職員なので契約期間は一年間だが更新されて三期目になった。来年ここにいられる保証はないが、それが却って励みになっていた。一人ひとり、熱心に支援すれば相談者は元気になり意欲が出てくる、それが内定に繋がる。そうやってプラスの連鎖を作っていくことがわずかながらも世の中の役に立っているのではないか。リスクを冒して新たな居場所を見つけることができて本当に良かった。

相談者の中には不二男の子どもたちと同じ世代もやって来る。悩みは様々で営業の仕事は辛かったから今度はモノづくりをしたい、自分は事務以外何もできそうにない、あるいは親がうるさいからと渋々やって来た若者もいる。アルバイトをやめて正社員になりたい、という相談。正社員だったが辞めて派遣をしている者。正社員と聞くと内心複雑になる。自分は正社員だったがリストラされた。将来のことなど予想できないとも思うが口にはしない。それがプロとしての姿勢だと感じる。それでも浩一と同じ年代の若者と対面していると今でも息子の将来を考えてしまう。

ただ最近、浩一は新型カメラのテストや評価を行っていて「今月の店員イチオシカメラ！」の案内板作りやＷＥＢサイトへの連載も任されるようになった。カメラメーカーの営業が毎月の発表を気にして浩一に意見を聞きに来るようになり、購入者も店員イチオシカメラの評価を見てから決めるらしい。加えて浩一の写真がカメラ雑誌に掲載されるようになった。一人で東北の被災地を訪れるようになった浩一は街が変わっていく様子や、反対に五年を経ても復興が進まない街の人々を撮っている。

紗希は三年前に一旦家に戻ったが、半年後にはまた出ていった。職場で知り合った男と一緒に暮らし始めた。子どもができたらどうするのかと気にはなったが、不二男は受け入れた。しばらくして鮮やかな黄緑色のカメレオンの写真がＳＮＳにアップされるようになった。次はアルマジロも飼いたいなどと書き込んでいる。陽子はカメレオンの写真を見てはため息をついていた。それが入籍せずに曖昧な状態でいるためなのか、孫ではなくカメレオンだからなのか、不二男にはわからなかった。

その陽子は近所の私設保育所で働くようになった。結婚する前は保育士だったので、その資格を使い三十年ぶりに仕事を始めた。昔と違い今の若い世代は二人の収入を合わせないと家計が苦しいので、母親になっても働きに出なくてはならない。人材不足なので資格があれば年齢を問わず保育所はすぐ採用する。陽子は貯金の取り崩しが気になるし貰える年金は少ないし、と言い朝七時からの早番と夕方五時からの夜番を引き受けていた。不二男と同じように日本の労働問題にわずかながら貢献する立場となった。ただ、陽子の家事にまつわる苦言は相変わらずだった。このタオル、靴下と一緒に洗ったの？　スポーツセンターで汗にまみれたウエアを自分で洗濯して干した。気を利かしたつもりだった。以後そのタオルは不二男の専用になった。

あと一人。今週最後の相談者に応対するため席を立った。相談待ちの求職者ファイルを取りに行く。予約相談が入っていない時は一般窓口としての相談も担当する。一般相談は応募先を決めてやって来た相談者に代わって会社に電話し、応募条件を確認する。問題なければ紹介状を発行する。一般相談は番号順にファイルが並べてあり、一人相談が終わればまた次のファイルを取りに行く。ファイルを掴んで席に戻ると手書きの登録票が挟まれていた。新規登録者だ。新規登録では相談者の住所や希望条件、これまでの職歴も入力する。不明点を本人に確認しながら進めるのでどうしても時間がかかる。この時間帯に新規登録の札を引くと定時までには終わらない。まあいい、いずれにしても今週最後のお客様だ。去私対座でやろう。「去私対座」は不二男が最近思いついた造語で、私心を取り去り一人の人間として相手と正面から向き会う、という意味だった。中には横柄な態度を取る人や突然怒り出す人、まれには凄みを帯びた言い方で身の危険を感じさせる相談者も来る。しかしプロである以上誰にでも平常心で対応したい。見知らぬ人にも当たり前のように手を差し出す。あの石巻の老女のように。そう思ってやってきた。駐車場で事故を起こした翌年、もう一度石巻に行ってみたくなり、あの場所にも行った。老女に会ってお礼を言いたいと思って訊いて回ってみたが見つからなかった。あの時受け取ったジュースの缶は今も棚に飾っている。お守りのように。

パソコンに入力するため登録票を机に置く。キーボードに触れた指が一瞬止まった。不二男の目は登録票の上を何度か行き来した。少しためらった後、いつも通りに素早く入力を済ませた。仕上がったところで立ち上がり、コールボタンを押す。

「おまたせいたしました。よんひゃくよんじゅうきゅうばんのばんごうふだをおもちのかたは、うけつけまでおこしください」

自動呼び出しが流れる中、受付で待つ。初老の男が腰をかがめうつむき加減に近寄ってきた。男と目が合った。男の眼が大きく開く。驚愕の表情が見て取れた。口が開きっぱなしになっていた。

「お待たせしました。二十一番の窓口へどうぞ」

カウンターへ案内する。

「逆橋さん、ですね、諸江と申します。よろしくお願いいたします」

第一部完

第二部　み・まもる

石巻　亜季

　境内の木々がしなうほど強かった風がようやく収まってきた。朝方わずかに降った雪がうっすらと寺の庭を覆い、足元に冷気が這い上がってくる。午後二時とはいえ石巻の三月はまだ寒い。再び雪になりそうな曇天の下、無庫川勝雄（むこがわかつお）は大勢の参列者に交じって本堂を見上げていた。勝雄の後ろには娘の亜季（あき）が喪服で立つ。亜季の隣には姪の舞（まい）が学生服を着て俯いて立っている。勝雄の母はその後ろで二人の孫を見守るようにして立っていた。気づいた勝雄は自分から後ろに下がって母の脇に立った。本堂の前のテントには読経のための礼盤（らいばん）が据えられている。参列者を本堂に収容しきれないため、今年も屋外で慰霊祭が行われることになった。

　参列者を見渡してみた。誰、とは言い切れないが見覚えがある。あの喪服の中年男女の男性の方。中学で同じクラスだったような気がする。名前は思い出せない。車椅子に乗っている老女。高校時代の友人の母親によく似ている。けれども車椅子の後ろの若い男には見覚えがない。孫だろうか。石巻を離れてからの長い時間が自分をよそ者にしてしまった。

手足が冷たい。車を降りて三十分しか経っていないのに早くも尿意を覚える。寒い日はその間隔が特に短い。早く始まらないだろうか。

年若い僧が参列者とテントの間に進み出てきた。ただいまより、合同慰霊祭を始めさせていただきます。黒衣を背景に息が白く光る。導師、入場。鮮やかな朱の法衣に包まれた老僧が中央に進み一礼し、礼盤に座った。若い僧が衣の裾を整える。銀色の大きな鉢から澄んだ低い音が響く。一回、二回、三回と徐々にその打ち鳴らしの速度が上がってゆく。境内から空に向かって振動が広がり、やがて再び静まった。老僧の読経が始まる。

老僧の重く響く読経を聞きながら、勝雄は陶太の結婚式を思い出していた。年の離れた弟で、陶太は勝雄より八歳下だった。その陶太よりさらに五歳若い花嫁の和美さんは、その時二十八歳、眩しいぐらいに美しかった。婚約を知らせてくれた日に、祭りで知りあったんだと陶太は嬉しそうにしゃべっていた。和美さんは仙台市の商工会議所で事務の仕事をしていたが川開き祭にたまたま来て陶太と出会った。結婚してから石巻に住むようになった。当時陶太は石巻で製紙工場に勤めていた。石巻に住む者なら誰でも知っている大企業だった。地元の繁盛の半分は漁港のおかげ、残りの半分が製紙工場のおかげと言われていた。高い煙突から夜昼なく昇る白い煙は町の繁栄の象徴だった。しかし陶太は家業を継ぐため工場を辞めた。父の始めたかまぼこ製造は社員十人ほどの小さな工場、というよりも作業場に近いものだった。なぜあんな零細企業を継いだのか。あのまま辞めないでいれいのか。

ば……。和美さんだって製紙工場のサラリーマンだったから結婚したいと思ったんじゃな

父の会社は笹かまぼこなどの練り物を製造していた。勝雄が子どもの頃はまだ景気も良かったので一時は二十人ほどの従業員を抱えていた。お陰で自分も東京の大学に行かせてもらえた。けれども東北新幹線が開業した頃から競合が増え、年々経営が苦しくなっていた。東北観光のブームに石巻も盛り上がったが、動きの早い同業者や宣伝の上手い大手に押され販路が狭められた。やめるなら利益の出ているうちに整理した方がいいんじゃないか。正月に勝雄が帰省して家族会議の場で言った。すると陶太が応じた。

「実は少し前から考えてたんだ。今年よ、市に新しい観光地ができたろ。東京から客が来ればやり方次第で結構いけるんでねぇか、と思うのよ」

陶太の言う観光地とは三年前に進水した木造船を収容した博物館と公園のことだ。伊達政宗の命令でサン・ファン・バウティスタという西洋式の船に乗って欧州に遣わされた使節が仙台藩から出た。その四百年を記念するために郊外に建てられた博物館だった。

「そっか」

と父親は一瞬喜んだ顔を見せたが兄に向かって尋ねた。

「勝雄、おめはいいんか」

長男としてどうなのだ、と問われた気がした。

「悪いけど、戻ることは考えてない。二人がそれでいいなら反対はしないよ。……でも大丈夫なのか。サラリーマンじゃないから色々大変だぞ」

陶太を見ると、

「まぁ何すんだって色々大変だべよ」

と笑った。いい笑顔だった。

あの笑顔を見ることはもうない。陶太と和美さんは工場の従業員を高台に避難させた後、会社に戻った。何のためだったのか。勝雄は被災直後から毎日電話をかけた。実家にも陶太の携帯電話にも繋がらなかった。母の無事が確認できたのは三日後だった。母が避難所の仮設電話から自宅の妻に連絡してきた。母は地元の集まりで公民館へ出かけていたため無事だった。陶太さんと和美さん、連絡が取れないってお義母さん言ってたのよ。すぐに行ってあげられないの？　勝雄の携帯に妻が切迫した声で言った。なぜ身内のために行動しないのかと言われている気がした。勝雄はこの数日間、泊まり込みで仕事をしていた。

震災当日、勝雄は本社にいた。揺れが収まったが首都圏の電車は全て停まっていた。歩いて帰ろうとした社員もいたが、勝雄の家は遠すぎた。妻と亜季の無事は確認できていたので会社で一晩明かすことに決めた。椅子を並べ足を乗せて仮眠していたら人事部から内線で起こされた。夜中の一時だった。会議室に入ると、その場で人事担当の勘田多敬夫（かんだたけお）執行役から「震災復旧対策室長」を命じられた。顧客の状況を迅速に確認し被災した顧客の工場ラインの復旧を支援する特命室長だった。翌日から全国の部品倉庫、修理サービス部門と連絡を取り、西日本の支店や九州の工場から技術者を被災地に派遣した。最初の二ヵ月は情報の錯綜やより大きな被害の報告が届き、そのたびに優先順を変更した。次々に課題が出てきていつ全貌が摑めるのか予想もできないほどだった。半年が過ぎた頃には大口顧客の工場は復旧できたものの、中小の顧客には全く手が回らなかった。特に三陸沿岸では津波の被害が大きく、すでに廃業を決めた会社もあった。

陶太が継いでいた会社もそんな中小企業の一つだった。陶太が信用金庫から融資を受けた三階建ての本社ビルは津波には流されこそしなかったが窓やドアを破って流れ込んだ汚泥に一階の事務所が埋め尽くされた。二階と三階は浸水を免れたが、かまぼこ用の材料は全て腐ってしまった。居宅として使っていた平屋の工場の方は完全に流され土台しか残らなかった。社長だった陶太が行方不明になったため、社員たちは会社からの休業手当も貰えぬままハローワークで激甚災害による失業として給付金を受けた。営業も製造管理も陶太と和美さんの二人が担っていたらしく再建のしようがない。それどころか新社屋のローンという負債を抱えたまま廃業にせざるを得なかった。舞には祖母以外の親族が誰もいなくなった。少なくとも従姉妹にあたる亜季が石巻に住むようになるまでは。そうして二年が過ぎた。

午後二時四十六分。いつの間にか読経が終わっていた。それではただいまより全員で黙とうを行います。若い僧が告げた。境内がほんの少しの間静けさに包まれる。寺門の向こうの、空の上からサイレンが響いてきた。舞が顔を両手で覆っている。背中を丸め、肩が震えている。亜季がその肩に手を回し体をぴったりと寄せている。あの日、石巻は雪が降っていた。もう二年。まだ二年。

勝雄たちは来た時と同じように市役所が用意した大型バスに乗った。仮設住宅まで二十分ほど、郊外の高台に向かう坂を登ってゆく。そこは旧北上川を見下ろせる丘陵部で、元々は企業誘致を狙って開発された工業団地だったが、進出企業が予想外に少なく空き地ばかりが目立っていた。それが仮設の用地に転用された。市民から税金の無駄遣いと批判された造成地だったが、被災者をすみやかに収容できたのは皮肉な僥倖だった。五百戸ほどあるこの仮設住宅は、数ある市内の仮設住宅地では最大規模だった。地域によっては用地がないために、やむを得ず小学校や中学校の校庭に仮設住宅を建てていた。復興公営住宅建設は始まっているがまだ完成した戸数は少なく、約四千戸ある仮設から今年移れる被災者はわずかだ。

勝雄の母と姪の舞はその仮設に住んでいる。四畳半二間の仮設ですでにふた冬を過ごした。薄い板壁は暖房を入れてもなかなか暖かくならない。零度以下の日が続く冬は気温差のため窓だけでなく壁も天井も結露する。こまめに露を拭ってもすぐにまた露吹く。今ではカビで壁や天井が黒ずんでいる。勝雄は千葉の自分の家へ転居することを提案したが、二人とも石巻を離れたくないと言う。二人の生活を助けるための送金ぐらいしかできることがない、そう勝雄は思っていた。

高校一年生の舞は三年生の卒業式の準備で登校していた。激しい揺れが収まって一旦校庭に集合したが、津波警報を聞き教師と一緒に校舎の屋上に上がった。そこから街に押し寄せる濁流を見たと言う。その中に陶太と和美さんがいたかもしれない濁流を。舞はあの日のことをほとんど話さない。今、二年を経て舞は明日卒業式を迎える。勝雄は卒業おめでとうの言葉がどうしても言えない。卒業式を一番見たいはずの陶太と和美さんがいない。震災までは舞に会うのは帰省する盆と正月ぐらいだった。それもお年玉を渡すぐらいであまり話していなかった。だが今は舞に、何か話をしなくては。伯父として。

「舞ちゃん、学校はここから仙台まで通うのかい、遠距離通学で疲れちゃうんじゃないかい」

「ん、大丈夫。友達も一緒だから」

「友達と仙台でアパート借りた方が楽なんじゃないか」

「んー。そうかも。だけどここから通いたい、ばっぱと一緒にいたいし」

……馬鹿なことを聞いた。舞が石巻を離れたいわけがない。勝雄は「なんでもない会話」をするのが昔から苦手で、会話には目的や問題提起がなくてはならない、という思い込みがあった。仕事の話、技術の話ならいくらでもできるのだが。舞はどんな高校生活を送っていたのだろう。舞が高校に進学する三年前、こんな会話をした。


「舞ちゃん、水産高校に入るってばっぱから聞いたよ。女の子も入れるようになったんだ」

「ん。ていうかずっと前から女子いるよ」

「あ？　そうか、伯父さんが高校生の頃はあそこは男子校だったんだよ。時代が変わったなぁ。女の子もこれからは漁船に乗るんだ」

「え、船になんか乗らないよ、調理科だから」

「調理科？」

母があきれたように口を開いた。

「おめ高校出てすぐ東京行ったもんだがらわがんねぇだろが、こっぢだってどんどん変わってっから。この町は魚半分、紙半分だ。そごんどころは変わってねぇ。今は肉食う人が増えてよ、おらだつぁ肉よりも魚食ってもらわねばって、知恵しぼってよ、新しい食い方をかんげぇねばなんね。刺身に塩と油かけてレタス入れて食うとかよ、サラダみてぇによ。そったらことを若けぇもんがしっかりかんげぇて日本中に広めんだ。だがら舞はこの町の希望の星ってとこだ」

舞は来月から仙台の専門学校に通う。調理の勉強を続けて調理師になりたいと言う。父、陶太、そして舞。無庫川家は三代続けて食べ物に関わることになりそうだ。勝雄は昔からさほど食に興味がない。人は誰でも一日三回食事する。「食べる」という行為はごく当たり前なのだからとりたてて面白いことでもない、そう思っている。父の工場で作ったかまぼこは美味しかったが、作業場に充満する生臭い匂いが嫌いだった。サメやタラのぬるりとした感触。死んで開いたままの目も気持ち悪かった。生ものだから毎日売れる分だけ作って売り、また次の日も同じ作業。冬の寒い日も夜明け前に起き出す。製造機のある部屋は蒸し風呂のように暑い。暑いのも寒いのも我慢できない自分はどうあっても後など継げない、と昔から思っていた。後ろめたい気持ちは、なくはなかった。

その分自分は大学進学と大企業への就職で穴埋めした、つもりだった。特に物理や数学が好きだというのではなかったが、この成績なら偏差値の高い大学を狙えると進路指導で言われてその気になった。難関大学の電子工学科に入学した。進路を考える時期になって、石巻に帰っても仕事は食品関係か製紙業ぐらいしかないように思え、ずっと東京にいる決心をした。総合電機の大企業には特別な思いがあったわけでもなく、教授に推薦されるままに入った。当時は半導体や通信の技術が非常な勢いで発展した時代で、その波に乗って会社が急成長するにつれ勝雄の給料も高くなっていった。東京で結婚し二年後に亜季が生まれた。その亜季が今、石巻に住んでいる。勝雄は亜季の考えが全く理解できなかった。何を好き好んでここでボランティアなんて。才能に恵まれた者は大都会で自分の能力を発揮すべきなのに。自分から裏方のような仕事に回るなんて。亜季……。

勝雄に似たのか亜季は学業優秀だった。理数系も悪くない成績だったが英語が飛び抜けてできた。高校時代にオーストラリアへ交換留学でホームステイを体験し、大学生になると英国へ留学した。それも単なる語学留学ではなくて、英国の社会福祉制度を学ぶための学士留学だった。そのまま帰って来ないのではないかと気にしたほど海外生活を楽しんでいる様子だったが二年で帰国。外資系の会社に採用された。聞けば誰でも知っている米国のＩＴ企業で、亜季が日本法人で初の新卒採用だった。それまでＩＴ技術者か外資系ビジネスの経験者しか採用していなかったが、新卒を募集したところ何百人もの大学生がエントリーしてきた。英語による役員面接など四度の選考を経て亜季が選ばれた時、勝雄は興奮して大喜びした。米国の超有名企業の正社員。そして自分も日本の大企業に勤めている。どちらも自動化産業や情報化社会に向けて将来性がある。人も羨むとはこういうことだ、東京に来て良かった。「勝ち組」という言葉が頭に浮かんだ。それなのに。勝雄の描いた眩(まばゆ)い将来は消えた。そのきっかけは通訳ボランティアへの参加だった。

いかにも米国らしく、従業員にボランティア活動を認める制度が会社にあり、亜季は休暇を取って国際的な技能オリンピック大会のボランティアに行った。アイスランドの選手を成田空港で出迎えてバスに同乗、ホテルへの投宿、競技会場へのエスコートなど、帰国するまで付きっきりだった。各国代表のお世話がボランティアの役割だったのだが、亜季はもっと責任の重い仕事を自ら買って出た。それというのも主催した自治体が国際的なイベントの運営に全く不慣れで、様々な問題が開催直後から発生したためだった。このままでは大会が大失敗に終わるぐらいの危機的状況だった。競技の開始時間や決勝進出の手順も不明確、会場への案内図も連絡先もない状態でボランティアたちは皆困惑した。めいめいに準備の悪さをクレームしたが事務局は逃げ回る一方だった。そこで亜季は百名以上いるボランティアたちの代表となり要望の取りまとめと主催側との交渉を行った。日本と日本人のイメージを悪くしたくない。亜季はそう考え要求を整理し、優先順位を決めて実行するよう事務局に強く働きかけた。亜季の提案は具体的で順序立てられていたので事務局も対応できるようになり問題は沈静化した。競技会だけでなく関連する地元との交流会や文化イベントも無事に行われた。亜季はボランティアたちからだけでなく自治体からも大変感謝された。

この時の体験が亜季を社会的活動に向かわせた。それまで亜季は営業の第一線で頻繁な国内出張、契約交渉、技術者との調整、米国とのテレビ会議などで多忙を極めていた。それはそれでやり甲斐を感じていたし栄えある新卒一期生としての誇りも持っていたが、ボランティアから戻ってから考えが変わってきた。会社同士、社員同士で相互にしのぎを削る営利活動に疑問を持ち始めた。結果は数字で求められる。売り上げで。利益率で。結果に対して個人として評価され、年俸がアップする。圧倒的な技術力で利益を追求する組織。個人の努力、能力が正当に評価され相応の収入を得る。不正などしていない。スピード、説得、競争、収益。自由主義と資本主義を体現した究極の企業活動だが亜季にはそれが誇らしいことと思えなくなった。

亜季は間もなく退職し、青年海外協力隊に応募するための準備を始めた。利潤追求とは全く別の、社会貢献で自分を活かしたい。海外協力ならば得意の英語を活かせて社会貢献にもなる。仕事としてやり甲斐があると考えた。語学には自信があったが、選考では健康状態や人物評価を、職種によっては専門的知識も問われる。しかも応募から最終選考まで半年もかかる。それでも新卒採用での厳しい選考を勝ち抜いたことを思い出し熱心に勉強した。

応募締め切りまで十日を切った三月十一日、亜季は千葉市にある自宅のリビングで応募書類を書いていた。午後二時四十六分。突然、床が下から突き破られそうな強い衝撃を受けた。家の壁や食器棚が激しい音を立てて揺れる。続いて、経験したことのない大きな横揺れが襲ってきた。家が倒れるのではないかと思うほど揺れた。急いでテーブルの下に潜った。キャスター付きのテレビ台が右に左に滑るのが椅子の隙間から見えた。テーブルの上に何かが激しく落ちる衝撃を感じた。揺れが収まってテーブルから這い出した時、足裏に痛みを覚えた。靴下から血が滲んでいる。ガラスや食器の破片がフローリング一面に散乱していた。食器棚がテーブルに覆い被さっていた。亜季がさっきまで座っていた椅子の背には割れたガラスが突き刺さっていた。

勤め先から母が歩いて戻ってきたのは夜の八時だった。父からは一晩会社で過ごすとの連絡が届いたが、翌日になると顧客対応でしばらく家に戻れないと言ってきた。テレビには都心から歩いて自宅へ戻ろうとする人が道に溢れている様子が映し出された。辞めた会社の仲間のことが気になった。亜季が息を呑んだのは東北の沿岸を襲う大津波の映像だった。津波が堤防を越え猛烈なスピードで道路を、畑を、真っ黒に塗りつぶしてゆく。荒れ狂った黒い水が二階建ての住宅を、車を、板切れのように引きずり回し、海中へ呑み込んでゆく。普段は青く美しい海がこんな風に人の住む場所を易々と破壊する。この世界には想像を絶する現実が何の予告も無く突然やってくるのだと亜季は知った。青年海外協力隊の選考スケジュールも震災の影響で遅れるかもしれない。たとえ予定通り応募できても結果が出るのは半年先。倍率が高くて隊員に選ばれるかどうかもわからない。今、自分は何をしたらいいのか。何を。今。結論はすぐに出た。ボランティアに行こう。翌月、勝雄にはおばあちゃんに会いに行ってくる、と伝え重いリュックを背負い一週間の予定で石巻に向かった。そのまま石巻に住み始めて二年が過ぎた。

——東京。港区。

「では、ここまでの説明をまとめてみます」

そう言って細身のスーツに白いフレームの眼鏡をした男はパソコンを操作した。スクリーンには「面談時の心構え」と大きな文字でタイトルが映し出された。無庫川勝雄はその下に続く箇条書きを目で追った。

一つ。決して謝らない。
二つ。言い訳めいた口調にならない。
三つ。同情的な言葉を言わない。

「この三つは必ず守ってください。面談者は非常に敏感になっています。どうにかして決定をなかったことにしたいと頭をフル回転させます。こちら側の心の隙を見つけるとそこにすがろうとしてきます。辛い役割ではありますが威厳をもって拒絶してください。むしろ長引かせることによって期待を持たせてしまう方が残酷だと考えましょう」

石巻から戻った一週間後の日曜日、勝雄は本社の大会議室にいた。人事部から先月連絡があり、必ず参加するようにと言われていた会議だった。平日ではなく休日に敢えて行うのは社員の目を気にしてのことで、会議の予定を公開スケジュール表へ入力するのも禁止されていた。


「何か質問はありますか」

コンサル会社からやってきた男が取り仕切っている。

「はい、どうぞ」

「経営者としての責任はどうなっている、と聞かれた場合にはどう答えたらよいですか」

後ろの方から声が聞こえた。振り向いてみたが誰だったのかわからない。今日ここには本社地区の二十人ほどの事業部長が集まっている。地方の支店、工場からは工場長、事業部長がテレビ会議で参加している。全国レベルでは百人を超える。

「はい、役員報酬の削減について説明したうえで、経営側も今回の責任を重く受け止めている、と言ってください。特定の役員に対する批判が出た場合は論争しないでください。ひとまず、あなたの言うことはもっともだと受け入れてください。そういう話は別の場で議論しよう、で終わらせてください。面談の目的は退職の勧奨です、脱線は避けてください」

「レベルAの場合でも同じ言い方で良いのですか」

また背後から質問が飛んできた。

「レベルAの方には全く違う言い方になります。一緒に会社を良くしていこう、あるいは君には期待していると伝えるのが良いでしょう。面談を利用してレベルAの方にはモチベーションをアップしてあげてください」

勝雄は手元の配布資料に目を落とした。「早期退職実施要領　極秘」と書かれている。表紙の右肩に「配布番号42／150」と印刷され、下に赤い字で大きく「コピー厳禁　社外持出禁止」と記されていた。

質疑応答を聞きながらページをめくる。早期退職シミュレーション、の表題で二つの集計表が現れた。「現時点」と「施策実施後」の表に年齢別・等級別の人員分布が並べられている。五十代の行だけが黄色でハイライトされている。その行の合計は現時点が二千五百二十九人、実施後が千九百人と太字で強調されている。次のページにはその五十代の内訳を示した表が載っている。縦には等級を、横にレベルA、B、Cと枠取りしている。レベルCの合計も太字で強調されていて、合計四百二十三人となっていた。レベルBについては複雑な計算式が添えられ推定希望者二百十五人と書かれている。合計六百人以上が早期退職の対象者とされていた。

「ではこれで面談の進め方についての説明を終わらせていただきます。配布資料の中に当社作成の想定問答集がありますので面談実施前に是非お読みください。また面談をスムーズに進めるためのトレーニングも別途計画しております。次に、弊社の再就職支援サービスについて説明させていただきます。私どもは早期退職される社員の皆さま全員が無事再就職されるまでご支援致します。これまでにも一部上場の電機メーカー様、機械メーカー様の再就職支援をお手伝いさせていただいており、長年の経験とノウハウを蓄積しております」

説明によれば経営会議での決定は昨年の十二月。ずいぶん前からリストラの準備をしていたようだった。会議室に入る時に封緘された封筒を人事課長から手渡された。担当事業部の退職対象者のリストが入っていた。部員の名前を見ても勝雄には顔が浮かばない。半年前、システムコンサルティング事業部を兼務するよう言われた。震災復旧対策室長を一年半やってきたところだったが落ち着いてきたと判断したのだろう。

この半年間、性質の全く異なる二つの組織を掛け持ちするのは容易ではなかった。震災復旧対策室はスタート時点では混沌としていたが、時間が経つにつれゼロだったものが一になり十になりやがて五十となる。進めば進むほどゴールも見えてきてやりがいがあった。

一方のシステムコンサルティングの事業は全く違う。営業とエンジニアの間に割って入るというこれまでにない役割だった。事業発足当時、メーカーがコンサルの真似などすれば火傷するだけ、という業界の批判もあった。営業からはただでさえ忙しいのに横から雑音を入れるなどとの反発が出た。この事業部は前社長の強い思い入れで発足した。エンジニアも営業も行けないような顧客の現場に入り込んで問題を解決しろ、というものだった。システムを入れたのに現場では上手く使いこなせていない、あるいはせっかく作っても現場は従来通りのやり方を続けている、などの問題意識が元社長にはあった。

　発足当時、評価の低い管理職をここへ送り込んで鍛え直し、その後関係会社に出向させるとの噂が流れ、社内募集には応募者がほとんど集まらなかった。そのため上司による推薦も可とした。人事部から呼び出され新設の事業部への異動を申し渡された者は激しく抵抗した。嫌々やってきた者も多い。

　この事業部のもう一つの特徴は部下のいない管理職だけによる組織だということ。社外発表文には「経験豊富で様々な知識を持つ当社の管理職のノウハウを顧客に提供する」とあった。中には自ら希望してきた者もいたが例外の部類だった。勝雄は震災復興のプロジエクトが評価された結果が、なぜこの風変わりな部門との兼務なのか理解できなかった。ここは部下をうまく使いこなせない、あるいは仲間と協調するよりも一匹狼である方を好む者たちのたまり場だった。一癖も二癖もある者ばかりだった。

会議が終わり、本社内の震災復旧対策室に戻った勝雄は改めて書類を見た。勝雄の担当するレベルCの人数は五十五人だった。五十五人全員を辞めさせなくてはならない。レベルCは対策室には一人もおらず、システムコンサルティング事業部の管理職ばかりだった。部員の二割に近い数だ。全社では管理職六千人のうちレベルCが六百人だから比率は約一割。ここにはその二倍いる。一枚めくると名簿が現れた。レベルCの名前がずらりと並んでいる。名前を見ても顔が思い浮かばない者がほとんどだ。いや、知らない方が情に流されないだけましか。三十年以上会社のために働いてきた社員を放逐しなくてはならない。嫌な役回りだがこれも仕事だ。役員の決定に従って粛々とやるだけだ。

名簿には名前の他に勤続年数、等級、過去三年の評定、年収、退職金の割増月数などが詳細に記されている。割増月数は五十五歳以下なら三十ヵ月、五十六歳以上五十八歳以下で二十ヵ月分出る。これに惹かれる者がどれだけいるのかわからないが、早く辞めてくれた分だけ会社の負担が軽くなる。前例がない割り増しをするのは会社としての誠意だと会議で言われた。責任をとるため全役員の報酬も十五パーセントカットする。けれども役員は元々報酬が高額なので痛みなど感じないだろうし、たとえ今すぐ辞めても何もしないで遊び暮らせるほどの退職金が貰える。事業部長の自分はそこまで多くはないが老後の心配はないぐらいは貰える。五十過ぎで荒海に放り出される彼らは間違いなく厳しい目に遭うだろう。

捨てる側の論理

翌日月曜日の朝一番、無庫川勝雄の執務室に二人の来訪者がいた。一人は本社人事の課長、湯田(ゆだ)。人事の方針を詳しく説明したい、と申し入れてきた。湯田課長は三十代後半で、今回の早期退職制度の起案者らしい。若いがとても有能だと秘書から聞かされていた。もう一人は萱破(かやは)と名乗る人事コンサルティング会社の部長。昨日の会議で見た覚えがある顔だ。名刺にはシニアコンサルタントと書かれているが、年齢的にはシニアではなく四十代前半に見える。

「制度の説明は昨日の会議で聞いたよ。他にまだ何かあるの」

「ええ、システムコンサルティング事業部はちょっと特殊なので補足した方が良いと思いまして」

と湯田が口を開いた。

「対象者が多いことは気がついたよ」

「はい、ここは管理職しかいない事業部なので面接対象者がどうしても増えてしまいます」

「それはわかるよ、他には？」

「はい、Cリストを見ていただくとおわかりと思いますが八等級が三十二人います。年収の高い人が多いのです」

もう一度見るとCリストの半分以上が八等級だった。八等級は本来統括部長相当だがここではただの「部員」だ。人事から見れば高給取りを数多く養っていることになる。

湯田によるといびつな構成の背景には前社長の思惑があった。意欲的な管理職を集めて水滸伝の梁山泊を作る、と意気込んでいた。その言葉に惹かれ上級管理職も応募してきた。部下ゼロでも年俸を下げない、というのは前社長の決めた方針だった。

「あの時は大変でした」

と湯田は笑った。

「応募を上司に相談する必要はないという約束だったため、決まってからあいつが抜けると困る、どうして前もって知らせてくれなかった、ってあちこちの事業部から言われました。社長の意向ですと言うしかなかったのですが」

新設の、奇妙な事業部に自分から行こうとするのはかなりの変わり者だろう。人は冒険より安定を求める。ところが上司推薦もありと聞いた事業部長や統括部長がこの機会にと、お荷物になっている管理職ばかり「推薦」してきた。人事部内では上司推薦は「廃品回収」とも「島流し」とも言われていた。

「私どもの会社ではこちらの事業部が設立された時から強い関心を持っていました」

コンサルタントの萱破が口を開いた。

「前社長の発想は非常に斬新でした。若い頃は優秀でも同じ部署に長くいると能力が落ちてくる、というか手を抜くこつを覚えてしまいます。手を抜くと言うと聞こえが悪ければ、効率的になるとでも言い換えましょう。そんな中高年を再教育する、半年もかけてコンサルタントになる研修を行うというのは画期的でした。ただ、リスクも相当あるだろうと思っていました」

「なんのリスクですか」

「はい、人材の質と言うか、仕事の向き不向きのようなものです。私どもはコンサルティング専門の会社ですが御社は基本的に製造業でいらっしゃる。ものづくりのエキスパートとしては素晴らしい人材が豊富におられる。でもコンサルティングというのは人に働きかける仕事です。製造工程の合理化や新製品の開発は技術者の真骨頂でしょうが、コンサルティングというのはモノが相手ではありません。これまでのところ、こちらの事業部は無料でコンサルを行っておられますが、逆に言えば、失礼ながらお金を稼げるほどのコンサルタントはいないということです」

「いや、そこはね、人事としては最初からわかっていましたよ」

湯田が割って入った。

「あの時推薦されてきた人たちと面接しましたが、仰る通り機械や技術が好きな分だけ内向的と言うか、コミュニケーションが不得意な人ばかりでした。お客様先に行けそうな人はいませんでした。でも前社長はそれがいいんだ、地道にやることが一番なんだと言ってました。何十年も地道にやってきた専門家だからお客様の悩みを理解できるのだ、とも」

「給与は変わらないから異動しても安全だという終身雇用制のメリットですね」

と萱破が言葉を引き継いだ。

「でも今は大企業でも終身雇用の保証なんてできなくなっています。終身雇用制なんてもうとっくに破綻しているんです。国際競争に負けた日本の大企業はベテラン社員の解雇を躊躇なく進めています」

それは勝雄も知っていた。家電系の大企業が退職勧奨を拒む者は追い出し部屋に送っていると新聞で読んだ。

「でも、どんなことがあっても社員は解雇しない、と言って苦境を乗り切った会社もあったでしょう」

勝雄は最近読んだ本の題名を挙げた。日本で初めて石油会社を作った男が主人公のビジネス小説だ。

「あれは戦後の復興期のお話で、前世紀の出来事ですよ」

と湯田がいなした。今は社員よりも株主に気を使う。社員よりも株主のクレームの方が怖い。四半期でどれほど利益が出せたかが投資家の関心事だ。無利子で投資してくれる株主は銀行以上に有り難い。ただ、と勝雄は思う。株は四半期どころか毎日売り買いされている。資産家は持て余した金をカジノで遊ぶように増やそうとしているようにも感じる。デイトレーダーは三秒前のニュースを分析し、コンピューターで一秒間に何千回も売り買いする。利ざやが一パーセントの百分の一でも何億円の元手があれば巨額の利益が得られる。株主は誰よりも早く安く株を買い、ここだと思う時にさっさと売る。悪いニュースを聞くとすぐ株を売り、自分だけ損をしないかとびくびくしている。まるで野良猫だ。野良猫は人が近づくと走って逃げる。逃げたかと思うと立ち止まり、後ろを振り返って危険との距離を測る。投資家は会社の事業や社員の思いになどたいした興味を持っていない。臆病な猫。

「それで念押し、といっては何ですが」

湯田の声に勝雄は自分の思考から引き戻された。

「人数も多いし梁山泊のつわもの相手なので大変難しいとは思いますが、是非厳しい姿勢でCリスト五十五人の完全達成をお願いします。困った場合にはいつでもご連絡ください」

「まあ、とにかくやってみなくちゃわからないよね」

と返しつつ思った。湯田が来た目的はこれだったか。梁山泊。退職勧奨は復興プロジェクト以上に疲れそうだ。

湯田との打ち合わせから三週間が過ぎ、四月に入った。勝雄は朝からシステムコンサルティング事業部のあるベイエリアのビルに出勤し面談室にいた。今日もまたレベルCの部員との面談が始まる。新年度の事業方針を立案するのも大変だが、五十五人に退職勧奨をする方がよっぽど気疲れする。いや退職勧奨ではなく表向きは早期退職制度に従った面談ではあるが。

どうぞ。ノックの音に勝雄は答えた。緊張した面持ちの頬骨の張った男の顔が覗いた。諸江不二男との面談がこれから始まる。どんな展開になるかを諸江は知る由もない。どうぞお座りください。宜しくお願いします。諸江は微笑もうとしたようだが、頬がこわばって奇妙な表情になっていた。だが緊張しているのは俺の方だ、と勝雄は感じていた。なんでこんな嫌な役をしなくてはならないのだ。

「ご存じの通り、当社を取り巻く環境は大変厳しく、二ヵ月前に半導体事業の売却に加え、早期退職の募集を行うと発表しました」

勝雄は練習通りに話し始めた。

「五十歳以上の管理職は全員面談することが決定されたので諸江さんもお呼びしました。今回製造部門を含めて九千九百人の方に転職支援を行います。今年度決算は九百億円の純損失を見込んでいます。対応策として定期昇給を凍結するだけでなく、管理職は月俸を一年間、五パーセント減額することも決定しました。この危機に際して組織の活性化を急いで行わなくてはなりません。会社は新陳代謝が必要です。若い世代にも成長の機会を提供しなくてはならない。そういう状況ですから今後あなたに用意できる仕事はありません」

勝雄は少し早口で、練習した通りに言い切った。

「そういう状況ですから今後あなたに用意できる仕事はありません」

諸江は勝雄の話を訝しむように聞いていたが最後の言葉で驚愕の表情に変わった。勝雄はすぐに目をそらしたくなるのを我慢して厳しい顔つきを作った。コンサル会社の指導通りだったが内心を見抜かれないかと気になった。俺はなぜよく知りもしない男にこんなことをしなくてはならないのだ。いや、淡々とやるしかないんだ、仕事なんだ。感情を殺せ。これまでも俺はそうやって仕事をこなしてきたんだ。

「何を言っている、そんなはずはない。二つも三つもプロジェクトを掛け持ちして忙しい人だっている」

驚きからやがて怒りの形相に変わった諸江の口から大声が飛び出した。身がすくみそうになる。

「確かにそういう人もいます。今後はさらに必要最低限の機能に組み替えします。今以上に部員に負担がかかることも承知の上での決定です」

「そんなこと一言も聞いていない。なぜ私が必要とされないのか、きちんと説明してください。私より評価の低い人はたくさんいるはずだ。なぜ私なんだ」

「会社として時間をかけ慎重に検討をしてきた結果です。この決定が変わることはありません」

「だからなぜ私を選んだのか、その基準を説明してほしいと言っている」

「それは言えません。様々な検討を行った上での最終決定です」

「つまりクビだと」

「いいえ、あなたの仕事がない以上どうしたらよいかをあなたが自分で決めてください」

「自分から辞表を書けと言うのか。退職を強要するのは解雇と同じじゃないか、なぜそんな卑怯な言い方をする」

「期限は来月末です。よく考えてください。早期退職した場合の退職金の試算表がここにあります、どうぞ」

「そんな紙もらう必要ない、退職はしない」

一回目は十五分程度で一方的に終わらせてください。こちらに決定権があり、交渉の余地はないことを印象付けるためです。セミナーで言われたことを守って、勝雄は面談を終わらせた。

「ご家族ともよく話し合ってください。また近いうちにお話ししましょう。どうぞこれを」

と試算表をもう一度差し出した。

「いらないと言ったでしょう！」

諸江は一段と強く拒絶し、出ていった。

嘘のように静かになった部屋で、勝雄は言いようのない不快感に包まれた。カバンに手を入れて録音機のスイッチを切ると同時に、ためていた息を一気に吐き出した。

「なぜそんな卑怯な言い方をする」

卑怯な言い方。諸江の言葉が心にしがみついている。卑怯。いや。これは演技だ。厳しい姿勢で臨んでいるだけだ。卑怯。そう取るのは勝手だ。でも俺が卑怯なのではない。そういう演技だと思ってやるしかない。だが、これはやはり卑怯なのか。卑怯なやり方なのか。この事業部には怨みも愛着もない。諸江への好悪もなにもない。決められたことをやればいい。だが、こんなやりとりをこれからも毎日、何人も相手にやらなくてはならない。

採用したのは人事だ。俺をここの兼務にしたのも人事だ。彼らは自分たちの手は汚さない。

諸江との面談の後も次々にレベルCの部員と同様の面談を繰り返した。一週間が終わる頃にはもう誰が誰だったか思い出せない。ほとんどの部員が激しい驚きと怒りの表情を見せ、なぜ自分が選ばれたのかと詰め寄ってきた。中には顔が青ざめて口がきけなくなった者もいた。泣き出す者もいた。自分だけ助かればいいのかと詰め寄られた。前週の疲れを残したまま月曜日がまたやってきた。諸江を前回と同じ部屋で待つ。録音機のスイッチを押して間もなくノックの音が聞こえた。仕事だ。これは仕事だ。

「諸江さん」

と優しく呼びかけた。コンサルタントの助言を思い出しつつ勝雄は演じる。二回目は相手は緊張してやってきます。反論を用意してくることも多いのですがいきなり対決することは避けてください。攻撃を穏やかにかわしてソフトムードで始めてください。さん付けで名前を呼んであげてください。

「諸江さん、いかがですか。早期退職について検討しましたか」

「検討していません」

「ご家族と話をされましたか」

「話していません」

諸江はぽつりと答えて黙った。

「そうですか。社内通達を読まれたと思いますが、今回退職される方には会社としてこれまでにない提案をしています。諸江さんの場合、二十ヵ月分の積み増しです。これは破格の処置で当社の内部留保の全てを……」

「積み増しなど興味ありません」

勝雄は自分が否定された気分になった。

（ソフトムードだ、ソフトムード）

「よろしいのですか？　締め切りを過ぎると退職金の積み増しは一切出なくなってしまいますよ。こういった対応は過去当社ではなかった……」

「そんなにいい話ならあなたが応募すればいい」

「……諸江さん、よく考えてください。ここに残ってもあなたの仕事はないのです。すでに決まったことです。あなたのために言うのですが、できるだけ早く転身の準備を始めた方が良い結果につながりますよ」

「あなたのため？　転身？　私の年齢で転職するのがどれほど大変か、わかってて言ってますか」

「大変であることはわかっています。だからこそ私たちは再就職支援の会社に依頼して無事に転職できるようにしているのです」

「私はもうすぐ役職定年です。あと二ヵ月すると給与が三割減る。人件費の負担は軽くなるはずだ。仕事の内容は変わらないから費用対効果は良くなります。それなのになぜ、今、辞めなくてはならないんですか」

　コンサルタントの言葉が勝雄の脳裏をよぎった。対象者は色々な交渉を仕掛けてきます。でも一切応じないでください。言い分は聞いても同意してはいけない。勝雄が黙していると諸江が呟いた。

「……自分で望んで来たんだ」

「え、何のことですか」

「この事業部に、私は自分で希望して来たんだ。嫌々来た仲間が多い中で、この事業はやりがいがあると信じて応募したんだ。あなたはそういう人間も要らないと言うのですか。異動前の面接で、人事部長に、期待してますよと言われたんだ。それがまだ三年前だ。それに、私が担当したプロジェクトは成果報告会の時にあなただって評価してくれたじゃないか。素晴らしいと言ったじゃないか」

　そのプロジェクトはおぼろげながら勝雄も憶えていた。営業事務の効率化で女性事務員の残業が一気に減り、顧客の社長からも感謝された。諸江が担当していたことはすっかり忘れていた。だが今は受け流さねばならない。脱線しないように。

「自分で言うのも何ですが、私はこれまでずっと良い評価を貰ってきました。それでも辞めろと言うのですか」

評価なんて関係ないんだ、あなたの給与が高すぎるんだ、と勝雄は言ってやりたかった。過去の評価や年俸の多寡についての議論は避ける、取引に応じない、とも指示されていた。

「そうだったかも知れません、でも状況が変わりました。会社として総合的に判断した結果です。結論が変わることはありません」

「その判断基準を教えてください」

「それは言えません」

「では私も退職には応じません。理由は言えないが辞めてくれ、などという話がこんな大きな会社の中で通るなんて誰が聞いてもおかしい。あと二ヵ月で役職定年になる私を辞めさせるのはなぜなのか説明してください。あなただって本当はおかしいと思っているはずだ」

諸江の頬が紅潮し、自分を睨みつけている。目を伏せたくなるのを堪えて見据え、背筋を伸ばした。威厳を保ち、どんな挑発も交渉も無駄だとわからせるのが役割だ。

三回目も同じようなやりとりの繰り返しになった。諸江は退職金の試算表さえ未だに受け取らない。積み増し金などに興味はない、という諸江の意思表示だ。諸江は自分が辞めさせられることに納得していない。それどころか猛烈に腹を立てている。諸江は他社のリストラの新聞記事を引き合いに出し、社員が弁護士を通じて訴えている、どうしても辞めろと言うならば自分も訴えると告げた。訴訟の訴えは想定問答集に載っていた。我々も労働法専門の弁護士に十分確認した上で施策を進めています。そうすると言うのであれば構いませんが、費用や時間をかけても得られるものは少ないと思います。そう勝雄は切り結んだ。法廷で争って会社が敗訴した例もある。解雇は無効、との判決だったがそれ以上の介入はない。勝訴して会社に戻れても元の職場が居心地いいはずはない。周りは訴訟のことを知っているから、そんな男とは関わりを避ける。勝っても社内での孤立は避けられない。結局孤独感に襲われて鬱になるか、定年を待たずに辞めていくだろう。自己崩壊。メルトダウンのように。

人事部の湯田から今夜七時に本社へ来てほしいと勝雄に電話が入ったのは、今日の進捗を人事に報告した後だった。進捗が遅いことを注意されるのだろうか。本社ビルの二十九階に人事は置かれている。この階には人事部に加えて八つの役員室と秘書室がある。誰もがここへ上がる時は緊張する。エレベーターからフロアに踏み出してすぐに気づく。静かすぎるフロア。他の階よりも二倍は厚いカーペット。防音性の高い重い扉。何も聞こえてこない。誰もいないのではないかと錯覚するほどの静けさが息苦しさを増す。

人事部に入ると湯田が立ち上がり、勝雄が向かうべき場所を左手で示した。そこは人事担当役員の執務室だった。役員から呼ばれるなどと思ってもいなかった。湯田を二度見したが人事課長は平然としている。役員室の前に座っているショートヘアの秘書に湯田が声をかけた。

「もう入れますか」

「いえ、お呼びしますので、お掛けになっていてください」

湯田と並んで近くのソファに座る。勝雄が小声で尋ねた。

「何の件なの」

「はい、勘田さんから退職勧奨の面接で役員についての話が上がってきたら全部報告しろと言われていましたから。まだ何も伝えていないので無庫川さんから説明してくださいね」

「え」

「なるべく間に雑音を入れない方がいいんです。現場の生の声を知りたいといつも仰っていますから」

今日の面談で諸江は役員に自分の思いを伝えたい、と訴えて一通の手紙を差し出してきた。勝雄は一応預かっておきますと言い、自席に戻ってから読んだ。

「メールで人事に伝えた通りだ、あれ以上の情報はないよ。役員にわざわざ時間を貰う必要などないんじゃないか」

勝雄の抗議めいた言葉に湯田が応えようとした時、秘書が、と声をかけてきた。

「どうぞ」

勘田執行役と会ったことは何度かある。震災復旧対策室長の辞令を出したのも勘田だった。しかしシステムコンサルティング事業部兼務になってから会うのは初めてだった。

「失礼します」

と湯田が言い、勝雄を入れて扉を閉めた。静かだった。役員室は完全な防音室になっている。この静けさが社員には相当なプレッシャーとなる。勘田執行役は黒い革張りの椅子から中央に据えられたチーク材の会議卓に移った。目礼して勝雄は向かい側に座った。湯田が前振りで、

「無庫川事業部長のメールを読んで、直接の報告事項と思いましたのでお時間をいただきました」

と言い、勝雄を見た。

「ああ、無庫川さん、システムコンサルだったよね？　どう、もう慣れましたか」

「いえ、なかなかどうも、難しい人が多くて」

「まぁそうだろうね。黒澤さんが作った梁山泊だからね。で、今日は？」

「はい、退職勧奨の対象者で諸江という部員が、役員に会わせてくれと。でなければもう

面談には応じないと言っています」

「そう。時間があれば僕もそうしたいけどね。その人何を言ってきたの」

勝雄は持参した諸江の手紙を差し出した。今回の早期退職制度はこれまでの人事施策から見て会社としての一貫性がないので納得できない、役員と直接会って話がしたい、というのが諸江の主張だった。

「役員に会わせせろ、か。まぁあの人なら言いかねないよな」

勝雄には何のことなのか全くわからなかった。

「無庫川さん、この人他に何か言ってましたか」

「はい、自分が辞めなくてはならない理由を説明しろと」

「何回やったの、面接は」

「三回です。積み増し金の試算表も受け取ろうとしません」

「そう、三十ヵ月でも？」

「いえ、年齢の関係で諸江さんは二十ヵ月です」

代わりに答えた湯田に勘田が聞いた。

「社歴は？」

「海外事業部で事業推進担当として米国、シンガポールに駐在し最後は英国でした。その後、本人の希望で人材開発部に異動して教育管理システムの管理室長、今の事業部へは社内公募で移りました」

「そうだったね。駐在三回の後、人事系に移った。人材開発では評判どうだった?」

「はい、Cリストを作る時に当時の部門長に聞いてあります」

「誰?」

「白井さんです。今は人材サービス会社の特別顧問になっています」

「白井さん、なんだって?」

「彼は優秀だが思い込みが強い性格だと。人材開発部のシステムの請負先を変えようとして子会社間の摩擦を起こしました」

「あぁ、そんなことあったな。他に白井さん何か言ってた?」

「諸江さんは前準備なしにあちこち首を突っ込むタイプだ、悪く言えば独り善がりだと。評定でも全体のバランスを考えず独自の正義感で単独行動する、感情を先行させる、というものでした」

「わかった。無庫川さん、次の面談で理由はこうだ、と言ってください。あなたはいつも思い付きで、丸腰で、勝手に行動されて大変迷惑だった、人事ではそういう評価がついていると」

　勝雄は役員から直接指示をもらったことに安堵した。上の指示に従えばいい。自分の責任ではない。退職勧奨は人事事項なのだから、人事に従うのが一番だ。だが、こんな話で諸江が納得するのだろうか。

「ちょっといい？」

役員室を出た勝雄は、湯田に声をかけた。湯田は頷いて打ち合わせ用の小部屋へ案内した。

「あの人なら言いかねないって勘田執行役が仰ってたよね、人材開発部の時に請負先を変えようとしたって、どういう話？」

「えっと、五年ぐらい前でしたか、教育管理システムの入れ替えが必要になったのですが、諸江さんはそれまでの請負会社から別の会社に変更しようとしました。旧い運用会社は、新システムを開発する力がないと判断したようです」

「そう。でもそれってよくある話だよね。本社人事まで話が上がってきたのはなぜなの？」

「新システムの予算額が大きいので役員決済の案件となったのです。その時に会社を変えようとしていることがわかりました。諸江さんの稟議は勘田さんが却下しました」

「それもよくある話だよね。人事部の評価とはどう関係しているの？　独り善がりって、何だったの」

「簡単に言えば前任者否定と理想を追い過ぎ、ということでしょうね」

湯田はテレビの評論家のようにさらりと言ってのけた。湯田によると、諸江は英国駐在から人材開発部に移って担当部長となり、教育管理システムの運用管理を担った。システムの使い勝手の悪さを度々クレームし、改善するよう要求していたが、運用会社はあれこれと言い逃れをして改修を避けていたので怒っていた。改善しようとしても当初の設計書が散逸していて、どこをどう修正していいのか誰もわからないのが実態だった。そのため諸江は全く新しいシステムを作れる会社を探した。ただ、そこも同じグループの別の会社だったので、グループ内の競争を焚きつける形になった。諸江の意図を知った運用会社の営業が社長に報告し、そこから本社の勘田執行役の耳に入ることとなった。実はその当時の運用会社の社長は、本社の元人事担当役員で、勘田の元上司にあたる人物だった。自分が移った会社に本社から発注をさせていた。そういった事情を諸江は馴れ合いと見なした。英国から帰任したばかりで何のしがらみもないため、自分がやりたいことだけを推し進めた。それが湯田の言う〝前任者否定〟だろう。

〝個人的な理想を追った〟の意味は、新システムを海外子会社でも使えるように目論んだという話だった。海外の従業員にも国内と同じレベルのスキルを持たせる必要がある。だからグローバルな教育システムは絶対必須だ、英語の画面も作るのだと諸江は主張していたらしい。海外経験の長い諸江らしい発想だった。そのため勘田執行役にも時間を貰い、諸江自ら説明をしたが高額すぎるため否決された。それに失望した諸江は今の事業部に社内応募した。人事はむしろ、配下の教育部門から波風を立てる男が出ていって喜んだだろう。

「まあ、こんな感じの人です。でも、誤解を避けたいので言っておきますが、内輪のことに口を出した報復で解雇するわけではないですよ。単純に、あの人は給与が高すぎるんです、ただそれだけです。もう少し付け加えると三月にお子さんが大学を卒業したので、今後は大きな出費がないはずというのも理由です。中には五十五歳で子どもがまだ幼稚園、なんて人もいますけど、そういう人には配慮しています。辞めさせて自殺でもされたら私も気分が悪いですからね」

湯田はかすかに笑った。

諸江のようにやりたいことをやる、などという働き方は勝雄には無縁だった。会社の辞令に従って異動し、前任者から引き継いだ仕事を行い後任に引き継ぐ。改革すると言って次々に指示を出し、部下を疲弊させる管理職をたくさん見ているだけに、「やりたいこと」など持たない方が良いのだと勝雄は信じていた。

「単純に、あの人は給料が高すぎるんです」

勝雄は湯田の言葉を反芻した。給料が高い。確かにあの仕事に対して八等級の給料は高いように思える。仕事の重さと報酬の多さは比例するべきだ。そこまで来て勝雄の思考は娘の亜季の方へ跳んだ。どうして亜季は自分から勝ち組の道を捨ててボランティア活動なんかを。いや、活動なんかと言っては悪いが、あれは亜季でなくてもできる者がいるんじゃないのか。

勝雄は亜季が外資系の会社で働き始めた頃、週刊誌に書かれていた「日本の外資系企業年収ランキング」を読んで驚いた。亜季の会社の年収は飛び抜けて高く、外資系の中でも国内第一位だとされていた。例えば営業五年目の年収が千六百万円。そんな若さで俺よりも多い年収を稼ぐとは。入社して日が浅いとはいえ亜季も営業職だったから、もし辞めなければ今頃はそれくらい貰っていたかもしれない。そう思うと亜季の決心がどうにも謎だらけに思えてくる。高収入も将来性も躊躇なく捨てて、……泥かきに行くなんて。

「私には何十年とかずっと同じ会社にいるなんて無理。誰でも一回しか生きられないでしょ、だから色々なことを体験したい。ここにいなければもっと楽しいことができたんじゃないかって、後悔したくないの。それに、また海外に行くかもしれないよ」

「亜季の人生だからやりたいことをしていいよ。でも仕事を変わればそのたびに新人だぞ、つまり給料がいつまで経っても上がらないわけだ」

「それだって食べていけないわけじゃないでしょ」

「いや下手をすればそうなることだってある。この前さ、派遣社員が大勢クビになって、上野に年越し派遣村ができたりしたじゃないか」

「もぉお父さん、悲観的過ぎ。いくらなんでも私そんな風にはならないよ」

「そりゃわかってるさ、お前は行動力もあるし英語もできるし、自分から難しいことに挑戦してきたから、生きる力はしっかり持っている、でも……」

そんなやりとりが二年前。さすがに「もったいないじゃないか」とは言わなかったが心ではそう思っていた。ただ自分の都合で仕事を変える人間は信用されにくいのは社会の常識だ。それとも、俺の常識がもう古いのだろうか。でもここは日本だ。堅実に働く者が正しく評価される社会だし、そうあるべきだと思っている。亜季にそうは言わなかったがそれが勝雄の信条だった。

亜季は震災後一ヵ月で石巻に拠点を立ち上げたNPOに、一人のボランティアとして参加した。市内で営業している商店はわずかで、水や食料は避難所にだけ届くような状態だった。ボランティアが避難所の食べ物を貰うわけにはいかない。全ての食料は自前で用意とのNPOの指示に従い、亜季はパックライス、カップ麺、ツナ缶などの食料にテント、合計二十キロの重いリュックを背負って東京を出発した。使用可能なホテルや旅館も被災者の避難所になっている状況で、亜季は街から遠い大学の運動場に自分でテントを張り、凍えながら寝袋にくるまった。四月とはいえまだ真冬のような寒空の下、屋外で寝るのは辛かったが全ては被災者のための活動であり、不満を漏らす者はいなかった。

この時期にNPOが行っていた活動は、主に被災した建物や民家の後片付けだった。泥水を吸って膨らんだ畳を運び出す。床下のヘドロをスコップで掻き出す。汚れて重たい布団やソファ、ふすまや畳をトラックに積んで廃棄物の集積所に運ぶ。それでも一週間のボランティア程度では景色のわずか一部さえも変わらない。あまりの微力さにこのままでは帰れないと感じた亜季は一ヵ月は留まろうと決めた。そうやって延長を続けて気が付くともう夏が終わりかけていた。その頃から亜季が長く通うようになった場所は小さな缶詰工場だった。

住宅ではなく工場で活動することに初めは違和感があったが、小柄な社長のやつれた顔を見た亜季は、この人は経営者である前に住民であり、途方に暮れて困っている被災者だと理解した。亜季が工場で見たものは瓦礫と泥まみれの缶詰。そして冷凍庫から飛び出て今は猛烈な腐臭を放っている大量のサバだった。その臭(にお)いに呼び寄せられ、いったいどこからこれほど、と驚くほどのハエが集まって黒い塊を作っていた。ハエは次々に卵から生まれ、べき乗で増殖した。駆除のためペットボトルに酢と砂糖を混ぜて置くと、あっという間に真っ黒になった。何十本もの黒いボトルが並び、一生のうちに見る何千倍ものハエを見た気がした。吐きそうな臭いの中で床に積まれた缶詰をバケツの水で洗った。出荷直前の状態だったサバ缶は、泥を落とせば避難所で食べてもらえる、そう考えて社長がＮＰＯに相談していた。マスクとゴム手袋をして缶詰の泥を一つ一つ洗い落とすのは容易ではなかった。屋根だけは残ったが、津波で壁が打ち破られた工場に秋の冷風が吹き込む。屋外にいるのとほぼ変わりがない。石巻の秋は冷える。泥よけのためのゴーグルは体熱で内側が曇ってしまう。冷たい水でふやけた指の感覚がなくなる。手袋をはずし両手をこすって温める。ふと見上げると二階建ての屋根くらいの高い梁に金色に光る缶詰が数個引っ掛かっていた。津波が入り込んで構内で渦を巻き、あの高さまで缶詰を運び上げたのだと言われ、背筋が寒くなった。泥落としを朝から夕方まで続けていると背中も脚も石のように固くなる。ずっとブラシを握っていた指はこわばってしまい、箸が上手く使えず握り箸で食べた。そうした亜季たちの奮闘にもかかわらず汚れた缶詰の山は全く減らなかった。

社長の話では震災前にはざっと百万缶が工場内にあったはずとのことで、ここでの滞在期間を全て缶詰洗いに費やすのかと思うと、さすがの亜季も限界を感じずにいられなかった。ところがしばらくすると状況が変わってきた。「泥付きでもいいからこっちで売るので送って欲しい、もちろん代金は払う」と東京や西日本の商店主や飲食店主から連絡がきたため、元気づいた社長が社員に職場へ戻らないかと声をかけた。再開は半年以上先だろうと社長は覚悟して、社員を長期休業扱いにしていた。避難所にいていつまでも世話を受ける側にいたくない、何かをしたい、そう感じていた社員たちが工場に集まってきた。気心の知れた社員たちはやるべきことを自分で見つけて、どんどんと作業の輪の中に入ってゆく。自分たちの作ったものが誰かに求められている、そう考えると元気が出た。洗われて金色に光る缶詰が段ボールに詰められる。缶詰は次々と大都市へ送り出されていく。山積みだった缶詰が日に日に減っていった。この時ほど人力以外に頼れるものがないことのもどかしさと同時に、人の結集力の素晴らしさを味わえたことはなかった。
　次に頼まれたのはかまぼこ工場の清掃作業だった。高い脚立に乗って蛍光灯や天窓の汚れを落とす。缶詰工場と同様、外壁を失ったが復興支援の融資で修復された。この地域は広い範囲で何十センチものヘドロに覆われ、廃業を余儀なくされた会社も多かったが社長はここに再建すると言う。工場内の清掃は美観のためではなく、再稼働の準備として必須だった。工場の操業許可は、食品衛生法で決められた安全衛生基準をクリアしなくてはならない。検査で空気中の細菌数が基準値を超えていれば操業できない。食品製造にとって衛生管理は絶対不可欠な活動だった。ここでも亜季はゴム手袋をして消毒液の散布や壁の除菌を手伝った。壁の高い部分や天井は脚立に乗って拭いて回る。腕を上げ、首を上向きにしての作業は見た目以上に辛く、何日もひどい肩こりに悩まされた。

　工場の再稼働が徐々に見えてきた頃、亜季はリーダーから仮設住宅の支援に入ってほしいと頼まれた。石巻の市内とその周辺に約七千戸の仮設が作られている。見知らぬ場所に移り住み、将来の見通しが全く立たずに不安を感じている被災者が知りたい情報を仮設住宅に届けるプロジェクトに加わった。亜季がＩＴ企業の正社員だったことを知ったリーダーから依頼されたのは、パソコンで新聞を編集する仕事だった。事務作業よりも体を使う仕事の方がボランティアらしい気がしたが、組織に入っている以上好き嫌いを言うのは間違っていると思い、引き受けた。

最初は集まってきた原稿を紙面にレイアウトするのが主だった。自分が関わった新聞が配られて、記事が住民の共通の話題になっている、喜ばれていると聞いて俄然やる気が出てきた。編集作業は汎用的なワープロではなく専門的な新聞編集用のソフトだったが、亜季はすぐに操作をマスターした。記事の割り付け方、タイトルの付け方を自分で決めるだけでなく、掲載テーマの検討や写真の編集などのクリエイティブな作業も面白かった。やがて仮設住宅を訪問して住民にインタビューする役割も貰うようになった亜季は、新聞発行にのめり込んでいった。刷りあがった新聞を、仮設住宅の扉の一つ一つを開けて手渡し、玄関口で住民の話を聞くのが最も楽しい時間だった。初めは挨拶する程度だったが、何度も訪れるうちに人々が昔の生活や失った家族、離れて暮らす子どものことなどを自分から語ってくれるようになっていった。特に女性たちからは「お茶っこしょ」と中へ誘われてじっくり話を聞くことも増えていった。夢中で働いているうちに半年、一年と過ぎていった。今では駅前を歩いていると住民から「亜季ちゃん！」と呼びかけられるほどになった。

新聞には被災者にすぐ役に立つ情報、被災者が知りたいはずの情報、例えば医療や健康や、市内の他の地域の状況などを掲載した。集会所を利用したストレッチ体操やお茶会などのささやかな行事なども案内してコミュニティの活性化を助けた。健康に関しては医療機関に依頼して連載記事を書いてもらい、心のケアのための電話相談の案内も載せていた。地元の執筆者による文化行事や祭事の記事、復興の状況も掲載した。太平洋に面している雄勝地区や牡鹿半島から離れて市の中心部に移ってきた被災者は、毎号地元の記事を楽しみにしていた。新聞の形をしているがこれは被災者への手紙なのだ、と亜季は感じた。その手紙を一戸ずつ手渡しする、この手間のかかる行動がこのボランティア活動の本当の目的なのだと確信した。住民の声を、愚痴を含めて傾聴するのは単に「聞く」だけの受け身の行為ではない。扉の向こうの被災者一人ひとりに合わせて話しやすさを演出し、閉じられた声の袋に穴をあける積極的な行動なのだ。

四回目の面談。勝雄は諸江と向き合った。

「諸江さん、希望退職の申し込み期限が迫っています。あなたのためを思って言います。今回で終わりにしましょう」

「そうですか、これ以上回数が増えると退職強要になるかもしれないという判断ですか」

顔をこわばらせた諸江の反問には答えず、

「前回の……」

と勝雄は切り出した。

「前回の面談で預かった手紙は人事部に渡しました。しかし、役員に会わせることはできない、とのことでした。それと以前のご質問、退職をお勧めする理由について回答します。ただ、誤解がないように言っておきますが、これは解雇の理由ではありません。退職をお勧めする理由です。それは諸江さんの評判についてです。業績評価ではなく、ご自身の行動や働く姿勢についての評判です。……諸江さん、あなたは単独行動を好み、十分な準備もないままに丸腰で行動し、思い付きの発言をする迷惑な人だったようですね。そのような言動は、組織の模範となるべき管理職の中でもさらに上層の、八等級としてふさわしいものだったのでしょうか」

諸江の顔がみるみる青ざめていくのを見て勝雄は驚いた。

「誰ですか、そう言っていたのは」

「それは言えません。あなたは理想ばかり追っていた、とも言われていたようです」

諸江は青ざめたまま表情を変えた。何か思い当たったようだ。諸江の反応を見て、勝雄の脳裏に勘田執行役の顔が浮かんだ。何でもなさそうにさらっと指示を出したが、相手の急所を突く言葉をわかっている。恐ろしい男だ。俺は勘田に代わって、狙い通り諸江の誇りを傷つけた。俺は巻き込まれているだけだ。俺の本意じゃない。この男の因果応報なのだ。

「そうですか。人事が、私を、丸腰で行動する人間だと……」

「いや、人事が、とは私は言っていませんよ」

自分から「人事が」と言った以上なにか心当たりがあるということだろう。急に諸江の声の張りがなくなった。背中が丸まってしまい、入ってきた時よりひと回り縮んでしまったように見える。諸江の眼は虚ろになり唇が震えている。見ている方が辛くなってきた。長い沈黙に耐えられず、面談を終わらせようと考えた時、諸江が言った。

「すみません、ちょっとだけ席をはずしていいですか。すぐに戻ります」

息苦しさから解放される安堵を隠して勝雄は、

「どうぞ」

とだけ返した。諸江が出ていった後、勝雄は深く息を吐いた。これで退職してくれるだろう。それにしても勘田執行役の読みは鋭かった。さっきの反応からすると、あの時、人事課長の湯田は否定したが実際のところ人事は彼を嫌っていたのだろう。よそ者として迎えた諸江に、いっときにせよ人事部の秩序を乱された。報復かどうかなど、俺には関係ない。人事が決めたことに従うだけだ。

諸江はなかなか戻って来なかった。人に見られぬようどこかで涙しているのか。そんな姿、俺だって見たくない。いや。思い詰めて屋上から飛び降りるとか。まさかそんなことはないだろうが。コンサルタントは面談時の危険についても説明をしていた。追い詰めれば逆上して殴りかかってくることもある、と。

「大企業は良識ある人ばかり、まして優秀な管理職の方たちなのでそのような事件が起きることはめったにありませんが」

と講師は言っていた。諸江は感情を先行させ、正義感がある、と湯田は言っていた。もし、もしドアが一つだけのこの部屋に刃物を持ち込んできたら、と想像したがすぐに打ち消した。どこへ行ったのだろう。

ノックの音が聞こえ、目を伏せた諸江が入ってきた。右手に黒くて細いものを握っている。刃物ではないか。一瞬身をこわばらせる。

「すみませんでした、時間はまだ大丈夫ですか」

「え、ええ」

と勝雄は応えつつ諸江の動きに目が離せない。諸江は座った。跳びかかってくる気配はないようだ。右手の黒いものを机上に置いた。それは毛筆ペンだった。ポケットからレターセットのようなものを取り出した。表には「奉書」と書かれていた。

「何をするんですか」

「辞表を書きます」

「え。今ですか」

「はい、今です」

「いいやその必要はないですよ、書類提出はまだ来月……」

遮るように諸江は手のひらを大きく開き前に突き出した。

「今、ここで、書きます。そこで見ていてください」

重く、凄みのある声だった。諸江の視線が射抜くように突き刺さる。目をそらすのを許さぬような威圧感だった。いっそ怒りに任せて殴ってきたらそれを理由に解雇できるのに。むしろその方が気が楽だ。男の憤りを少しでも、会社を代表して受け止める意味で。俺がよく知らないこの男は、三十年以上会社で働いてきた。役職離任を二ヵ月後に控え、もう少し先に見えていた円満な退職も期待していただろう。辞めたくない、と三度も拒んだ男が急に辞表を書くと言う。今日の面談までに色々と悩み、辛い思いをしただろう。俺はこの男の思いをしっかりと受け止めるべきではないか。今。ここで。

「わかりました。どうぞ書いてください」

諸江は深く頭を下げた。奉書を広げていく。両手を膝に置き、目をつぶった。黙とうのように見えた。まるで武士の切腹のようだ。机の上に白い、ひと幅の川が二人の間にできた。石巻の慰霊祭を不意に思い出した。雪。諸江の頭に、肩に、背中に雪が降る。男の体が真っ白になってゆく。

諸江は目を開けた。ゆっくりと筆を持つ。「退職」と書く。続けて書こうとしているが手が進まない。次の字は「願」。願ってなどいない「願」を書こうとしている。今。ここで。ようやく「願」の字を書くと諸江は残りを一気に書き上げた。

昔見たモノクロの日本映画を思い出した。小林正樹監督の「切腹」。生活に窮した若い侍がある藩の江戸詰め屋敷を訪れる。もはや困窮極まった、死ぬしかない、ついては屋敷の庭を借りて切腹したいと言う。そんなことを言って玄関に来た武士がどこかの屋敷で情けを受けて金品を貰ったという噂が武家町に広まっていた。家老は同じ手口の不届き者に違いないと決めつけた。庭に通された侍を見下ろし、見事な覚悟だ、見届けてやるから今ここで腹を切れと命じた。若い侍は驚き、一度戻ってからなどと言い訳をして辞そうとするが、弁の立つ家老に封じられてどうにも許されない。若者の刀は竹光。本物の刀も売り払うほどの貧窮。それを知っての上でここで今、自刃せよと迫る。屋敷の侍たちに囲まれ、若者は無念の思いで竹の刀を腹に突き刺す。刺さったものの竹光では裂きようのない腹を抱え、苦しい声で介錯を、と頼むがそれも無視される。屈辱と苦しみの中で侍は息絶える。その若い妻も困窮の中、病で命を落とす。物語はその後、義父による復讐譚へと展開する。

勝雄は自分が、あるいは勘田があの冷酷な家老であるような気がした。一度も会ったことのない社長宛ての、読まれることのない退職願を、諸江は書いた。本人が書いたという証拠以外に何の価値もない退職願。勝雄は家に帰るまでの間何度も頭の中で繰り返した。因果応報だ。

退　職　願

私儀

今般早期退職制度への応募を希望し
平成二十五年六月二十日を以て退職いたします。

平成二十五年　五月二十日

システムコンサルティング事業部

諸江　不二男

代表取締役社長　　佐藤　一郎　殿

創立記念の日、勝雄はシステムコンサルティング事業部の執務室にいた。本当はここにはいたくなかったが、今年は功労賞の表彰式が取りやめとなったので本社に出かける理由がない。執務室の外に出てみると全員のデスクの上がきれいに片付けられ、パソコンも書類もない。代わりに缶ビールやウーロン茶のボトル、スナックの袋などが置かれている。創立記念の恒例となっているささやかな懇親会。他の階の部員も集まってきてデスクを囲んでいる。この後は皆早退して昼飲みに出るはずの楽しい時間なのだが今年は雰囲気が違う。重苦しさがこの場を支配している。創立記念日をもって早期退職する、つまり今日が最後の日になる者たちもここに混じっている。明るくなれないのは当然だろう。中には残りの年休を全て使って姿を消してしまった者もいた。あるいは懇親会には出ないで今日の午前中に去った者もいたようだ。諸江は、どうしただろうか。

創立七十五周年。人間ならとっくに年金生活者だ。会社は「法人」とも呼ばれ、人になぞらえることもある。会社は八十年、九十年、さらに人間の寿命を超えて、百年、百五十年続くのだろうか。千代に八千代に。円満退職ならばそんな会社を誇らしく思うに違いない。だがそうならなかった者たちは。

館内放送で社長の挨拶が始まった。あらかじめ録音された棒読みの声。厳しい環境が続いている、一人ひとりが強いコスト意識を持ってほしい。勝雄は放送のあと皆の前で一言言わなくてはならない。こんな日に何を言っても空々しい。残っている部員たちの顔を眺める。残った者たちが厳選されたわけではない。それは先日の湯田の言葉が裏付けている。勝雄の眼の前に賞状入れが二本置かれている。受け取る前に出社してこなくなった者が二人いた。永年勤続表彰。諸江は彰状をどんな気持ちで受け取っただろう。先週、偶然に諸江と廊下ですれ違った。諸江の方が先に気づき、勝雄を真っすぐに見た。勝雄は思わず頭を下げてしまった。罪の意識がそうさせたのか。諸江に詫びる必要などはないはずなのに。俺は人事の指示でやるべきことをやっただけだ。

「人事部の奴らはずるい、そう思いますか?」

先日の勘田執行役との相談の後で、湯田課長がいきなり尋ねてきたことを思い出した。勝雄の気持ちを読み取ったような質問だった。返事に詰まっていたら、湯田は自分から語りはじめた。

「今回の早期退職のCリストには人事部の管理職は一人も含まれていませんから、そう思われても不思議はないです。内輪には甘い、そう見えるでしょうね。でも私たちは私たちなりの因果を背負っているんですよ。わかりますか」

「因果?　いや、全くわからない」

「昨年介護サービスの新会社の社長に就任した細田さん、長い間労働組合の委員長やっていたのですが、元々あの人は人事部員だったんです。彼は委員長として組合をうまく抑えてきた、その報奨で社長になったんです。私も海外駐在してましたからわかるんですけど、組合って海外から輸入された仕組みで日本人のメンタリティーには元々合わないんです。うちの機関紙にも『闘争』とか『断固要求』とかもっともらしい言葉がちりばめられてはいますがね。日本人は強い者に巻かれやすくて本気で戦うマインドがない。よく言えば従順で協力的です。労働組合法があるから経営者は組合との合意や意見交換はします。でも誰も組合活動をやりたがらない。だから人事が組合を作るんです」

湯田は尋ねてもいないことを長々としゃべり続けた。

「人事として採用された新人はまず忠誠心を注入されます。人事に体育会系が多いのはそのためです。事業部とは違って途中から人事部に異動する者はいません、純粋培養です。私たちは社内の不正や男女間のスキャンダルまで把握しています。今後起きるかもしれない不安材料も摑んでいます。そういった情報は決して人事の外には漏れません。なぜだかわかりますか。万一漏らした場合は懲罰的な異動が待っています。だから皆言動にはとても気を使っています。社員の自殺などが社外に漏れた場合、雑誌記者に交渉して書かないようにお願いする、なんてこともたまにします。実は残業や休日出勤が一番多いのは人事ですが、誰も声をあげられません。まあその引き換えに解雇されないで一生ここで過ごせるんです。知らない人には一生安泰に見えるでしょうけれど、抜けることが許されないだけなんです。社畜です」

湯田の言わんとしたことの意味を考えていたら目の前の懇親会に突然引き戻された。それでは乾杯の前に、無庫川事業部長より、一言お願いします。勝雄は、「あー」と言いかけたが言葉がなかなか出てこない。部員の二割が辞める記念日に何を言えばいいのだろう。全員が飲み物を満たしたプラスチックのカップを手にして自分を見ている。

……聞いてくれ、会社が決めたことは期待通りにやり遂げる、それが仕事というものだ。と言いたかった。

挨拶を終えた後で勝雄は自分が何を言ったのかほとんど思い出せなかった。ここにいる彼らは会社で三十年以上働いてきた。だから何か一つぐらいは懸命にやり遂げたという思い出があるのじゃないか。誰もがいつかは退職する。その時に誇りに思える何かを大事に会社を後にする。そうあってほしいし自分もそうでありたい。退職勧奨で去る者はその後ずっと深い傷を引きずって生きるに違いない。拍手も謝辞もなく去る以上は。

娘の亜季はたった数年で辞めてしまった。誰もが知っている一流企業なのに、やり甲斐を見出せなかったのだろうか。粘って続けていれば良いこともあったかもしれないのに。驚くような高収入と最先端技術を持つ会社を辞めて泥のついた缶詰を洗い、テントに寝泊まりするなんて。亜季。

夏祭り　舞

　七月の最後の日、勝雄は旧北上川の川縁にいた。石巻川開き祭が三年ぶりに再開される。伝統ある船漕ぎの競技を見るため川縁には多くの人が集まっている。前もって亜季に声をかけたのだが、ボランティア仲間と一緒に祭の運営を手伝うので無理、と言われた。仮設住宅を出る前に姪の舞を誘ってみたが友達と行くからと断られた。母はすでに仮設住宅を回る循環バスで知り合いと一緒に出掛けていた。祭のイベントの一つ、孫兵衛船競漕（まごべえせんきょうそう）も今年から復活する。地元の会社や自治体が手作りボートに乗って競う。行事は北上川の治水を指揮した江戸時代の郷士を讃えるために始まった。川村孫兵衛のお陰で川の氾濫はなくなった上、米を江戸まで廻船で送れるようになり町が繁栄した。

　老いてきた母のことが気になり始めたのもあるが、勝雄は退職勧奨の役割を通じて自分の働き方を自問するようになってきた。ストレスの源から少し距離を置いたところで考えたいという思いと、亜季の将来のことが気になることから、理由はあいまいなまま夏休みという名目で故郷に来ていた。川開き祭が好き、というのでもないが少しは郷里のことを知るのも良いだろうと考えた。夕方には中瀬で夜祭があり、そこには母も来るはずだった。

　今年はまだ数が少ないなぁ、と中年の男の声が背後から聞こえた。確かに自分が高校生の頃はもっと多くの船が川に浮かんでいた記憶がある。復興はまだ進行中であることがこうしたことからも知れる。競漕は三組の試合だけで終わってしまった。夕方の花火までどう過ごすかを考え、日和山（ひよりやま）に登ってみることにした。あの日およそ一万人の人々が山に上がって津波を逃れた。日和山は山と言うよりも丘に近いほどの高さだが、海が眼下に広がり、一番高い所に鹿島御児（かしまみこ）神社が建っている。石巻湾を一望できる観光名所だった。山の方へ歩き出したところ、夫婦連れの男の方が声をかけてきた。

「無庫川、だよな。俺、覚えているか、畠山（はたけやま）」

「え。えーっと」

　記憶を探っている間に男が言った。

「高校二年の二〇八で一緒だったろ」

「あ、畠山君」

「そうだ、覚えてたか」

「うん、覚えてる、柔道部にいたよな」

「そうだ、柔道部」顔をもう一度見る。男の顔を四十年前の詰襟の学生服の顔と重ねる。

高二の時の級友、畠山勝史（まさし）だった。無理やり重ねて面影を見出せる程度だった。それほど畠山の容貌は変わっていた。当時は肥満気味だった男が今はずいぶん痩せている。何か大病でもしたのかと思うほど頰がこけていた。よく冗談を言って仲間を笑わせるおどけた男だった。声を聞いて勝雄は一瞬にして高校時代の記憶が戻ってきた。

帰ってきたのか、と問われ、親に会いに来たと答えると、あぁ、そうか、と返された。畠山の方から、「弟さん、まだだよな」と言われた。不思議そうな顔をすると、あれ、俺も弟さんと同じ会社だったの知らなかったか、と逆に尋ねられた。

「同じ部署にいたこともあったし、あいつが店を継いだ後もかまぼこ買いに行ってたしな。一緒に飲むこともあったんだ」

宮城県の中核都市とは言っても石巻はさほど大きくはない。顔見知りばかりの町だ。畠山は自分よりもよほど弟のことを知っているに違いない。まして一度同じ会社で働いていたなら親戚も同然だろう。

弟さん、まだだよな――

それ以上は言わない。畠山の気遣いが伝わってくる。逆に畠山の身内について尋ねてみる勇気がない。勇気と言うよりもそんな資格はない。自分はよそ者だ。被災した人たちを無人称で想うことはできても固有名詞で語る資格はない。尋ねる資格も、ない。ここを出て行った者なのだから。母は知り合いの安否について勝雄にも構わずしゃべっていた。あの家は奥さんは無事だったが父親と子どもは流された、などという話をいくつも聞いた。

ある人の無事を知る一方でその親や子どもが死んだことも同時に聞かされ、どう反応したらいいのかわからない。被災を思い出させるようなことは自分から言うべきではない。そう考えている。

　無事でよかったな、とも言えず、そういえば製紙工場は立ち直りが早かったね、と話を逸らした。すると畠山は急に笑顔になって勢いよく、しかも高校生の時のような口調で話しはじめた。

「そうなんだ、機械が全部泥に埋まってな、もう工場は、いやこの町は全部終わったって思ったよ。それがよ、意外と早く戻ったんだ。初めは毎日毎日、泥かきばっかだったけどな。それによ、うちの野球部、知ってっか、この前よ、全国大会に出たのよ」

「へぇそうなんだ、強いんだね」

「そうよ、神宮で、ベストフォーまで行ったのよ。強いんだよ、野球部。二年前もよ、東京で、全国大会で、準決勝の試合だったのよ。勝てばもう決勝だってとこまで行ったのよ」

　畠山の話では石巻工場の野球部は震災の起きた日、神宮球場で試合をしていた。会社がバスを何台も用意して前夜から応援に出かけていた。自分も非番なら行ったのだが残念ながら勤務日だったという。平日だったが決勝戦一つ前とあって工場長まで神宮に応援に出かけていた。

「もうほんと、街中で喜んでいたよ。それがよ、負けた日の午後にあの津波だ。応援団も選手もすぐに帰ろうにも通行止めで戻れなくてよ。東京で津波のニュース見て、とにかく食いもん積めるだけ積んで帰るべってな。あの年は、まあ野球部も廃部だろうって、俺は思った。だって工場が止まっちまったら、野球どころじゃねぇだろ。だけどよ、今年また全国大会に出た、すげぇよな、二年で復活だ、頑張ったんだよ、あいつらも」

今年石巻工場の野球部は後楽園ドームでの全国大会でベストエイトに勝ち上がった。震災は大きなダメージだったが会社は野球部員だけでなく、誰一人解雇しなかった。

「それで、お前、このあとどこ行くんだ」

「いや特に決めてない、日和山にでも登ってみようかと」

「そうか、じゃ俺も行ってみるか。構わんか」

と聞かれ、

「あぁ、一緒に行こう」

と答えた。畠山は離れて立っていた女性を手招きした。

「嫁だ」

と言い、自分の妻に、

「高校の同級生だ、ちょっと一緒に歩いてくる」

と告げた。おとなしそうな印象の畠山の妻は微笑んで会釈し、

「じゃ後で電話して」

と言い残して去っていった。

「いいのか」

と聞く勝雄に、

「あぁ、いいさ、どっちみち夕方までここにいるんだから」

と説明になっていない返事が返ってきた。

「それで、他に誰か会ったか」

「いや、誰とも」

「そうか、今どこに住んでんだ」

「千葉だ」

と答えたのを皮切りに、歩きながらお互いの近況を話し合った。日和山への道は高校時代によく歩いた。けれども今勝雄が見ている風景は昔の記憶と重なってこない。全く知らない町。あるいは再開発中の街を歩いているように思える。道に沿って工事中のオレンジ色のフェンスが延々と並ぶ。フェンス越しに青緑色の小型建機が幾つも見える。盛り土に首を突っ込んでいるショベル。その先には川が見える。家々が撤去され、見えないはずの堤防や河口が丸見えになっている。学校の帰りによく寄った書店は、勝雄の記憶ではこの

辺りのはずだが何もない。町はもう自分の記憶の中にしか残っていない。町の住人も同じ思いだろう。それぞれの人の、それぞれの記憶の中にだけある町。

日和山を登り始めると自分の記憶と目の前の風景が繋がってきた。坂の上の家々は津波を免れていた。坂の下には何も残っていない。残った家と消えた家。あるものとないもの。坂の途中で存在と無が線引きされていた。坂を登り切ると松が並んでいる。昔のままの姿で。その奥が鹿島御児神社。丘の上の境内に立つ。遠くで海が光っている。境内の最南端、丘の縁に鳥居が立っている。鳥居の下に立ち視線を下げる。何もない。全て消えてしまった。かつてこの丘と海岸との間には広大な住宅街が広がっていた。中学生の時ここから海を写生した。あの街がまるきり消えていた。海だけが光っている。街のあった所はただもう広々と、赤土色と灰色の裸の地面だった。その上を何台もの重機が首を振り回している。首長竜のように。ダンプカーが肉食竜のように立ち上がり、土砂を下ろしている。重機が吠える。鈍い金属音がここまで聞こえる。そして海は。太古から変わらぬ姿で光っている。

左手に日和大橋が見える。なめらかな曲線を描く橋が河口を跨いでいる。緩やかなスロープとほっそりした女性的な橋桁。優しく話しかけてくるような優美な姿。海が光っている。

「あの橋の下をくぐって波が来たんだ。あれ高いからさ、真ん中にいた車は助かったけど端っこのは、みんな流された。橋から津波を見て、急いで逃げようとしたんだろうな。上にいれば良かったんだ」

　ここにも坂の上と下の間に生と死の裂け目があった。逃げ急いだ者が命を落とし、逃げ遅れた者が残った。誰にもその境目は予測できない。モーセは神の力を借りて海を割りイスラエルの民を逃がし、追って来たエジプト軍は溺れ死んだと言う。あの日、誰が、どんな意図で海を割ったのだ。海が光っている。

　勝雄は津波のことを考えると必ずテレビで見た映像を思い出してしまう。画面に警告がテロップで流れる。

「このあと津波の映像が画面に流れます」

　上空からの映像。勝雄の知らない沿岸の町。猛烈な速度で濁流が農地を呑み込む。真っ黒な波が土地を塗りつぶしてゆく。その幅は二百メートルか、あるいは三百メートルか。画面のずっとずっと奥まで続く白い線が、まっしぐらに海岸を目指してやってくる。剝きだしの白い牙が襲いかかる。画面が変わる。急な坂道からの俯瞰。街に濁流が流れ込んでくる。車が次々に眼の前を流されてゆく。クラクションが鳴り響く。車と車が、家と家がぶつかる。こすれ合う悲鳴のような音。画面から目を離せない。

　突然、陶太の顔が浮かんだ。濁流に流されてゆく。和美さんが浮いている。流されてゆく。二人は離れ離れになる。それを舞が校舎から見ている。いやそんなことはあり得ない。これは自分の想像なのだ。だが息ができない。口を開く。声が出ない。うぅ、うぅぅ。

体を折り曲げてしゃがんだ。どうした、大丈夫か？　あぁ、……大丈夫だ……。

畠山があの日工場で起きたことを話してくれた。工場の南側はすぐ海で旧北上川も近い。原料の木材を浮かべておくためと、パルプを作る大量の水を取り込むためには製紙事業に理想的な立地だった。揺れが収まると全員日和山へ上がれと防災担当員が構内を駆け回った。畠山も工場のすぐ前の階段を上った。すぐに戻れると思っていたので作業着のまま出てきた。日和山の上は人や車でたちまちいっぱいになった。

ほぼ海抜ゼロメートルの工場に日和山が接していたのは僥倖だった。社員の誰もがこれまでの経験から、津波はせいぜい長靴を濡らす程度だろうと思っていた。だが工場は東の川、西の港湾、南の海、の三方から襲われた。東からは旧北上川を遡上してきた津波が堤防を乗り越え、住宅を巻き込んで真っ黒な水となって押し寄せた。工場のフェンスを突き破り土台から剝ぎ取られた住宅がそのままなだれ込んできた。浮き沈みしながら何十台もの車がやって来て敷地に積みあがった。西側の工業港からきた津波は引き込み線に停まっていたディーゼル機関車を横倒しにした。鉄の塊のような機関車が積み木のように倒された。社員たちは眼下を見つづける以外、生まれてからこれまで一度も発したことのない驚愕の叫びを曇天に放つ以外、全く何もできなかったと言う。

陽が傾いてきた。勝雄は畠山と別れて地元では中瀬と呼ばれている川の中州へ下り、その先端まで歩いて河口を眺めた。さっき上から眺めた日和大橋が眼の前にある。下から見るとその橋桁は際立って高い。あれほど高くする必要があったのかとも思う。だが、その高さゆえに助かった人がいた。以前は中瀬に造船所があった。高い橋桁は大型船を通すためだったのかもしれない。子どもの頃にはドックに漁船が見え、周りに高いクレーンが何本かあった。造られていたのはほとんどが漁船だったが、需要が減りついに廃業に追い込まれた。最後に作られたのは漁船ではなく、木造の交易船、サン・ファン・バウティスタ号だった。橋をくぐって海に出る中世風の帆船の姿をニュースで見た記憶がある。だが今は造船所の名残はなにもない。

造船所の跡地に巨大な大福餅のような形の建造物がある。純白で、SF映画の空飛ぶ円盤のようだ。石巻の隣町、登米(とめ)市出身の漫画家の記念館として建てられた石ノ森萬画館。石ノ森章太郎の「仮面ライダー」はテレビドラマ化され大人気となった。四十年経った今でももう何代目のヒーローなのかわからないほどシリーズで放映されている。博物館も中州を呑み込んだ津波に襲われたが建物は無事だった。一階部分は流木と土砂が流れ込んだが二階と三階には及ばず、地元の名士の貴重な資料は被災を逃れた。巨大彫刻のような球形の館を眺めていると旧約聖書のノアの箱舟を思い出した。「七日の後、四十日四十夜、地に雨を降らせて」世界を水没させるという神託を受けたノアは、巨大な箱舟を作り全ての生き物を一つがいずつ乗せた。選ばれた家族と動物だけが生き残り、神は世の中から邪悪を一掃した。博物館も津波から文化財を守った。聖書との大きな違いは神が災いを事前に知らせなかったことだ。どんな物差しで生と死は決められるのか。

誰かに背中をトントンと突かれた。振り返ると舞がいた。その後ろから母が歩いてくる。

「おじさん。どうかしたの」

「え」

「なんか、立ちっぱなしでずーっと固まってたよ」

「ああ、うん。昔読んだ漫画のこと、思い出してたんだ」

「あ、仮面ライダーでしょ」

「いやもっと昔の漫画でね、おじさんが子どもの頃読んだやつだ」

「ふーん、おじさんみたいに頭いい人も漫画読んでたんだ」

「いやいや、漫画は大好きだったよ」

「でも、ばっぱが言ってたよ、おじさんはいつも勉強ばっかして、もっと勉強したくて東京の大学に行っちゃったんだって」

舞の後から母もやってきた。母は喪服を着て数珠を手にしている。中瀬で震災犠牲者の慰霊祭が行われる。三月ではなく夏の川開き祭の日に慰霊祭を行うのは理由があった。この祭は元々土地の先祖供養の行事だったからだ。あたりが暗くなるにつれ人が増えてきた。警備員が参列者を誘導している。広い駐車場の中央に二メートルほどの高さで祭壇がしつらえてある。祭壇の前には僧侶たちが前後三列になって、全員で十五人も座っていた。僧侶の後ろでは喪服の老女たちが御詠歌を唱えている。中瀬は供養祭を行うのに一番適した場所だった。石巻は江戸向けの海運で栄え始めた。漁船も数多く建造されてきた。町は海と川の恵みを受けている。津波によって計り知れないほど多くを失ったが、これまでに水が海が与えてきた恩恵も同じく計り知れない。読経の中、舞と母と勝雄は並んで祭壇に手を合わせた。扁平な卵のような記念館が祭壇の照明を映してオレンジ色に染まっている。その奥には日和山の黒い稜線が暮れなずむ藍色の空を切り取っていた。

　祭壇を後にして三人は川沿いを上流に向かって歩いた。堤防にはすでにたくさんの人が集まっていた。三年振りの花火を見にきた家族連れや若者たちが道端に座り込んでいた。震災前は雑草の生える土手だったが、今は白々したコンクリートに覆われている。川の上には花火見物の船が浮かんでいた。祭の雰囲気を感じる。それでも昔の雑とした賑わいからは程遠い。適当な場所で立ち止まる。上流の橋の方から何か聞こえてきた。拡声器の声が割れて聞きづらい。

　ただいまより、ひがしにほん、だいしんさいの、ぎせいしゃの、ごめいふくを、いのって、りゅうとうを、かいしいたします。

対岸からも同じ声がやや小さく、やや遅れて聞こえてきた。上流の橋の下に漁灯をつけた船が四艘並んでいる。やがて漁船の縁に沿ってオレンジ色の小さな灯りが浮かび始めた。一つひとつ、そっと川面に浮かべられてゆく。薄暮の中で生まれた光がだんだん増えてゆく。灯籠がゆっくりと流れてくる。三人の眼の前をたくさんの灯籠が通り過ぎてゆく。

「ねぇばっぱ、どれだろね、二人一緒に流してくれてるといいんだけどな」

「んだな。父ちゃんと母ちゃん、いっしょに並べてな」

舞は数日前に市役所で流燈を申し込んでいた。自分が施主となり、陶太と和美さんの名前を台帳に記した。陶太と和美さんが灯籠の小舟に乗っている。海へ向かって流れてゆく。

勝雄は舞に自分の気持ちを伝えることができない。言葉が見つからない。「辛いよね」とか「頑張るんだよ」とか、そんな言葉ではない。まして「わかる」などではない。わかろうと努力をするとかえって舞との果てしない距離を感じてしまう。「わかる」は目の前の相手に対し、自分が苦しいから口にするだけの逃避の言葉でしかない。ここにいなかった自分が何を言っても嘘のように思えてしまう。

自分だって陶太と和美さんを失ったのは辛い。辛くないはずがない。だが自分の辛さが舞の辛さと同じぐらいだとか、いや半分にも満たないなどと考えるのは愚かだ。この世には大きさや重さで測りえないものがある。悲しみを他者とまっとうに共有できる言葉などない。己の語彙の乏しさ故ではない。たとえ納得できる言葉を見つけ、それを口にすることができたとしても、勝雄の気持ちが本当に舞に伝わるかどうか。自分の「辛い」と他者の「辛い」は本当は共有できない。ひとりで耐える者がお互いに共有できるのは、どうしようもないもどかしさだけだ。

お舟、きれい。見知らぬ少女が灯籠を指さして言った。少女の声が勝雄の古い記憶を呼び起こした。小学生の頃、サイボーグが主人公となった漫画が流行った。『サイボーグ009』。勝雄も夢中になって読んだ。戦闘兵器として改造された若者たちが悪の組織と戦う物語。機能満載の秘密兵器が次々に繰り出され特殊能力を持ったサイボーグたちが駆け回る。ストーリーは忘れてしまったが一つだけ忘れられない場面がある。主人公の009は宇宙空間で戦ってついに敵の首領を倒すが爆発によって宇宙船から放り出される。ロケット装置を備えた仲間の002が腕を伸ばし009を受け止める。そして二人は引力によって落下し始める。009は空を飛ぶ能力がない。このままでは二人とも大気圏で燃えて死ぬ。だめだ、君は生き残れと言い、009は体を離そうとする。002は言う。もう遅い。君はどこへ落ちたい？　二人は抱き合ったまま燃えだす。二人の姿が陶太と和美さんに重なる。地上から光を見つけた幼い子が叫ぶ。あ、流れ星！

花火が上がった。漫画記念館がその光に照らされる。白い箱舟が闇の中に浮かび上がる。

陶太と和美さんを乗せた箱舟が天空に舞い上がっていく。

一年後の夏。勝雄は再び石巻に来ていた。震災後二度目の川開き祭。孫兵衛船競漕は去年より艇数が増えていた。その分だけ復興が進んだのだと思いたい。だが母と舞は、四度目の冬を越した仮設住宅にまだ住んでいる。復興住宅の抽選になかなか当選しない。母親には千葉に移らないかと度々提案しているが、「ここがいい」と言われ続けている。でも何かあったらと説得にかかると、「おめにゃわからん」と返され話が続かない。舞は専門学校の二年生となり、あと半年で卒業する。昨晩、卒業したらどうしたいか聞いてみたが、「まだわかんない、アキちゃんとも話してるけど」と返された。舞には亜季は、従姉妹と言うよりも親のような存在になっていた。舞は仮設住宅に配る新聞を時々ボランティアで手伝っていた。祭の一日目、去年と同様に中瀬で合同慰霊祭が催された。今年も三人で出席したが亜季は祭のスタッフだったため会えなかった。今日も祭の運営で忙しいようだ。亜季とはちゃんと将来について話したいと思うのだが、いざとなるとなかなか面と向かって言えない。本音を言えばきっと亜季とぶつかる、そんな気がしていた。

祭の二日目、勝雄は母と一緒に駅前の商店街にいた。昨晩は仮設住宅に泊まったがよく眠れずに朝を迎えた。暑さのためではなく、隣の部屋の音が聞こえすぎて気になった。まだ寝ていたい気持ちもあったが祭を見に行くと母が言いだしたので起きた。疲れてんなら、おめは寝てろ、とは言われたが、老母を一人で行かせるのもどうかと思い一緒に出かけた。けれども道すがら知り合いを見つけて立ち話をしたり、逆に声をかけられたりして楽しそうに話をする母を見て余計な心配だったかと思った。今また別の老女から声をかけられて立ち話を始めた。

「あれぇ、久しぶり、祭に来だの？　なすてだの？」

「あぁ、たまには街さ出てこねぇとカビはえっがらな。変わりねぇが？」

「んだな、あとでお茶っこさ来てけらいん、散らかってでっけどな」

「んだな、そうすっが」

「そいえばよ、この前見たごとねぇ男、アパートさ来て、この辺りで人探しでるって言ったのしゃ。そいづの話聞いで、もすかしてさっちゃんが？　ど思ったども、なんが怪すぃ男がもしんねぇがら、おら、知らね、っで言っだんだ」

「あ？　なんだそりゃ」

「ほれ、一年ぐれめぇに、かづ屋さんの裏で車が川に落っごちだろ。あん時車に乗っでだ者だって言うのよ、ジュースくれた人にお礼が言いでぇ、探してるんだっで。ありゃ、さっちゃんのことだべ」

「さぁ、どうだがな、もう忘れだ。何でもすぐ忘れるようになっだがらな、はっは」

「そりゃおらもおんなじだ、あっははぁ」

商店街の車道は通行止めになっていた。川開き祭の二日目の出し物であるパレードが商店街を通る。歩道にテーブルを出した商店主たちはビールや焼きそばを並べている。車道には背中に「ＳＴＡＦＦ」と書かれたウィンドブレーカーを着た誘導員が所々に立っている。亜季もどこかに立っているのかもしれない。

「んじゃこの辺にすっか」

と母は歩道にレジャーシートを敷いてどっかりと座った。

「おめ、ビールでも飲むか、買ってこい」

と財布を取り出す母に答えた。

「いいよ、自分で出すから」

「いっから、これ使え。おらはお茶だ。ウーロン茶じゃねぇぞ、日本茶だ。ウーロン茶はすぐトイレ行ぎたぐなっから。そっから、梅沢さんでがんづき買ってこい。しろとくろ、どっちもだ」

がんづきはこの辺りでよく食べる和菓子だ。粉にしたもち米に砂糖を混ぜて蒸して作る。羊羹のように四角や三角に切られて売っている。勝雄も子どもの頃よく食べた。黒砂糖の香りが好きだった。

勝雄が白と黒のがんづきの入った袋を提げて戻るとパレードが始まっていた。小学生の鼓笛隊がマーチを演奏して行進する。揃いの制服を着て緊張した顔つきで歩いている。学校ごとの隊列が次々にやってくる。リコーダーや鍵盤ハーモニカだけでなく金管楽器や太鼓も加わっている。大きなチューバに体を入れて歩く子どももいた。そう言えば以前、石巻のニュースで海外から楽器が寄贈されたと報じていた。あのチューバも寄贈品の一つかも知れない。

あやかー、こっちー。大きな声で子どもを呼んでいる女性が、行進にビデオカメラを向けて手を振っている。通りのあちこちでスマホやカメラを取り出している大人たち。可愛い行進。振られる手と呼び声。どこの町にでもある風景。いや。そうではないかもしれない。見てくれる親のいない子どもがいるのではないか。同じぐらいの歳の我が子を失くした親がいるのでは。

「あぁ、やっぱわらす見てっと元気さ貰った気になるなぁ」

勝雄の暗い考えとは裏腹に母は楽しそうにパレードを見ている。母のように子どもたちの行進を素直に楽しめない。自分はよそ者だ。観光客と変わらない。だが亜季は多くの知り合いができていて石巻に根付いてしまった。東京で育った亜季にとってここは父親の実家、祖母の住んでいる町というだけなのに。その実家も消えてなくなった。それなのに三年もここでボランティアを続けるなんてあり得るのだろうか。

小学生の鼓笛隊はやがて中学生の吹奏楽団に変わり、さらに大人の神輿が現れた。法被(はっぴ)を着て白足袋を履いた男たちが掛け声を上げる。神輿が激しく上下する。股引きにさらしを巻き、威勢のいい声で、あるいは半ば怒っているような声を上げ男たちが跳ねる。勝雄は半被を着たことがなく子ども神輿すら担いだこともない。昔から祭を楽しいと感じたことがなかった。ただ一日だけ普段とは違うことをする。はめを外して大騒ぎをする。祭そのものへの違和感。競うように神輿を担ぎ、威勢のいい声を上げるのが恥ずかしい。男らしさや猛々しさは自分とは無縁だと感じていた。子どもの頃、級友からカマキリとあだ名されていた。神輿など担げばきっと揉みくちゃにされて怪我をするだろうと恐れていた。弟の陶太は対照的で、中学、高校とバスケットボール部で週末はほとんど試合や練習で家におらず、高校生になるとパンチパーマをかけ教師から指導を受けたこともあった。大人になってからは毎年神輿を担いでいたし、町の消防団員にもなった。家を継いでからは商工会議所で祭礼担当の役員も務め、祭事は率先して取り仕切っていた。和美さんと知り合ったのも川開き祭だった。和美さんはそうした陶太の益荒男(ますらお)ぶりに惹かれたようだ。

「つぎは、もののうちくの、ほぞんかいによる、はねこおどりです」

商店街のスピーカーの声に母が手を打った。

「お、いよいよだぁ。これ見ったために来たんだど」

桃生(ものう)と聞いて和美さんの顔が浮かんだ。和美さんは桃生地区の生まれだった。実際の踊りは見たことはないが和美さんも踊ると聞いたことがあった。桃生の踊りはテンポが速く、櫓(やぐら)の周りで舞うような盆踊りとは全く違うらしい。

向こうから、揃いの着物の女たちが四列になって歩いてやって来た。踊りながら来ると思っていたのではぐらかされた気がした。お囃子も鳴っていない。全部で五十人ほどの朱色の着物姿が見物客の前で止まった。ドン。太鼓の合図。一斉に横に広がる。

「まいー、がんばっぺしー」

母が突然叫ぶ。

「え、母さん、舞がいるの」

「んだ。あそこだ」

母が指さす方を見たが、勝雄にはどれが舞なのかわからない。踊り手は皆、姉さん被りの手拭いで顔が隠れている。ドン。両手の扇子を広げる。日の丸の扇子。赤と白だけの。ドン。ドン。ドン。いきなり速い調子で鳴りだす。笛が聞こえる。鉦(かね)が続く。女たちは両手を揃え扇子を高く掲げる。あ、ソーレ。足を蹴り上げる。片足で跳ぶ。あ、ソーレ。腕を伸ばして大きく振る。同時に足が跳ねる。水色の手甲(てっこう)の先で扇子が上がる。すぐまた下がる。あ、ソーレ。体全体を使って跳ね回っている。あ、ソーレ。誰にも止められない。あ、ソーレ。嬉しくてしょうがない、とでもいう風に。体の向きが変わった時に初めて舞の顔を見つけた。

「まいー、ええぞぉー」

母が声援を送る。お囃子のテンポが上がってゆく。はねこの動きが激しくなる。それまで定位置で踊っていたのが横に縦に動き、お互いに入り乱れて舞い踊る。あ、ソーレソレソレェー。ソーレソレソレソレェー。一段とお囃子が大きくなる。さらに速くなる。はねこが狂ったように舞い跳ぶ。拍手が沸き起こる。ソーレソレソレソレェー。群舞。陶酔。そして。突然の終わり。大きな拍手。勝雄も夢中で拍手を送った。体が熱くなる。

「いいぞぉー、まいー」

自分で驚いた。祭で声を上げることなどこれまで一度もなかった。口が勝手に動いた。何だかわからない。感動したのか。なんだか感謝したい気分になった。舞に。はねこに。祭りに。祭とは、こういうものだったのか。踊る女だけが、神輿を担ぐ男だけが夢中になるものではない。見る方も夢中になる、声を出したくなる。熱くなる。母がこっちを向いた。

「どだ、いがったか」

「ああ、いがった。なんかぁ、いがったな」

母につられて訛った。

「陶太はよ。はねっこやってでだ和美ちゃんに惚れたんだ」

「ああ、そうなんだ」

母に答えた後もう一度心の中で繰り返した。ああ、そうなんだ。祭ってこれなんだ。神輿を担ぎ声を張り上げ、威勢の良さを競う半裸の男たち。それを見る女たち。激しく踊って頬を紅潮させる女たち。それを見る男たち。思わず体が動き、常でない自分に変わる。我を忘れる。少しだけ狂う。そうやって男は女に惹かれ、女は男に惹かれる。真夏の夜の夢。勝雄は初めて祭の良さが、故郷の良さがわかったような気がした。


「ばっぱ、どうだった。見えてた？」

パレードが終わって舞が二人を探しに来た。

「あぁ見たど」

「どう、うまく踊れてた？」

「あぁ、うまぐなった。んだが、まだお母ちゃんほどではねぇ」

「えー、なんだぁー。まぁ仕方ねぇか」

勝雄も話しかけた。

「舞ちゃん、凄いよ、うまかった、本当にうまかったよ」

「へへ」

舞は最高の笑顔を見せた。

「昔からやってたの？」

「ううん、去年から」

「え、お母さんが教えたんじゃなかったんだ」

「ん、近所のおばさんがね、もう仮設出ちゃった人だけどね、桃生の人で、教えっからやってみなって」

舞は桃生に住んだことがなかったが、子どもの頃から和美さんが踊るのを見ていた。和美さんから言われたこともあったが、昔はあまり興味が持てなかったらしい。それが仮設の住人に誘われて、はねこ踊り保存会の稽古に参加するようになった。祭の前は毎週桃生まで通って特訓したと言う。踊ることで母と繋がっているように感じられるのかもしれない。


「あーっ疲れたぁー。足ぱんぱん。でも気持ちいい。なんか、やったーって感じ」

そこへかなり背の高いはねこが一人やってきた。舞と同じ衣装で姉さん被りをしている。

「お、見つけた。お疲れ」

勝雄の頭越しに降ってきた低い声を聞き思わず顔を見た。若い男だった。

「あ、先生、お疲れ様でしたー。うわ、汗すっごい」

舞は男の顔を下から覗いた。鼻筋に塗っていたおしろいが溶けて顎まで流れ落ちている。姉さん被りとくずれた化粧。朱色の着物の男。勝雄の顔つきに何か感じたのか、舞が紹介した。

「こちら、はねこ踊り保存会の芳賀(はが)さんです。何、おじさん、変な顔して。女装趣味とか、そういうんじゃないからね、踊りの先生です」

「まぁ、女装はしてるけどね」

男が笑って応じた。

「どうも、芳賀と言います。僕の家が踊りを受け継いでいるもんで。教えるのはあまりうまくないですけど」

「でも桃生では三つある家元の一つなんですよね」

舞がフォローする。

「まぁね」

家元？　郷土芸能を受け継ぐ古い家柄なのか、と勝雄は思った。若いのに東京に出ることなんて考えたりはしないのだろうか。

「すみませーん、写真、一緒に撮らしてもらっていいですか」

見物客らしき若い女性が舞と芳賀に声をかけてきた。はねこの衣装は色鮮やかで人目を引く。写真を撮りたいと頼んでくる観光客が他にも何人もいた。舞と芳賀は踊りのポーズを作ってみせた。朱色の着物に水色の手甲。襦袢(じゅばん)の襟も水色。胸高の黒い帯の上の帯締めも水色。朱に水色が映えて愛らしい。カメラに微笑む舞。芳賀と一緒にいるのが嬉しそうだった。

「じゃ、反省会、先に行っているから」

「はい、すぐ追っかけます」

母と勝雄にお辞儀をして青年は去って行った。男の背中を見送っていた舞に母が言った。

「舞、いいひと見つけだでねぇか」

「やだ、ばっぱ。そんなんじゃないって」

言いながら舞は顔を赤くした。

「いやいやぁ、いいんでねぇか、祭は恋の特急券、だがんな」

見守る側の論理

翌日の夕方、勝雄は居酒屋で亜季を待っていた。できれば昨日のうちに会って千葉に帰りたかったが、祭の後片付けで忙しいと言われやむを得ず延泊した。亜季が予約してくれたのは駅から五分ほど歩いた居酒屋で、ボランティア活動の後に仲間と時々来ているらしい。座敷に案内されてからすでに一時間が経っている。遅れるかもしれないよと言われていたので、じゃ先に何か飲んでるよと答えたものの、あまり飲むと真面目な話ができないと思い、生ビールを小グラスで頼んだ。だが時間を持て余しもう一杯追加し、それもすでに飲んでしまった。

待つ間に話をどう切り出そうかと考えていた。言いたいことは色々ある。第一にはいつまでボランティアを続けるつもりなのか。帰ったらどうするのかも知りたい。現実的な話として、貯金を崩して生活しているなら送金してやる必要があるかも知れない。ボランティア活動を紹介している新聞記事を読むと心から感心する。誰にでもできることではない、実に献身的な行為だと。だが、自分の娘がボランティアだというのはどうなのか、と思ってしまう。頭では誇りに思うべき行為だとわかってはいるのだが。ボランティアの前に自分の生業をまずしっかりとやる、というのが本来の形ではないか。こんなに人生の多くの時間をボランティアに費やすのはあまりに犠牲的な気がする。

「今晩はー。ごめんなさーい、遅くなりましたー」

入り口から声が聞こえ亜季の顔が見えた。脇に女将さんらしい人が見える。

「亜季ちゃんいらっしゃーい、お父さんお待ちかねよ」

「そうなんですよー、遅くなっちゃって。テントを引き取りに来るトラックが全然来なくてー」

半分は女将に、残り半分は勝雄への言い訳のように話して卓の向こうに座った。

「本当にごめんなさい。早く終わらせたかったんだけど頼める人もいなかったの」

亜季は正座して頭を下げた。

「ああ、まぁ仕事なんだからな、いいよ。まぁとにかく、お疲れさん。何飲む?」

「ウーロン茶。お父さん、ここの角煮がすごく美味しいの、食べない?」

「いいよ」

「あとねホタテ入りの焼売（シューマイ）もお薦め」

「うん、それも食べよう、何でも好きなもの頼んで、あと生ビール、中ジョッキで」

座敷の縁で待っている女将さんに亜季はてきぱきとオーダーした。亜季が頼んでくれた角煮とホタテの焼売はどちらも美味しかった。刺身の盛り合わせも、港町だけに新鮮で美味しく二人だけでは食べきれないほどの量だった。亜季の話では冬だけの特別料理のカキの甘辛煮も美味らしい。住んでいた頃は家業がかまぼこ製造だったこともあり、魚料理には飽きていたがこうしてみると食に関しては石巻は恵まれていると思いなおした。


「どう、こっちに住んでみて？」

「んー住んでるっていうよりプライベートとビジネスとの区別がない、みたいな」

「え、休みの日とかないの？　それじゃ疲れちゃうだろう。ボランティアってみんなそんな感じなのか？　働き過ぎは良くないぞ、ちゃんと眠れてるのか？」

「あ、大丈夫だよ、夜は結構早いよ、テレビもないからもう寝るだけー、みたいな」

テレビもない。亜季は笑っているが、本当は無理しているのじゃないか。

「新聞作りはいつまで続ける予定なんだ？」

「んー、仮設住宅が無くなるまで、が目標なんだけど」

「じゃあまだ何年もやるわけか」

「本当はそうなんだけどねー。ちょっと問題ありで。来年三月で終わりになるかもー」

「どうして？」

「ＮＰＯがね、今の活動を四年で終わらせるって決めたの」

勝雄は話を聞いて正直嬉しかった。あと半年で東京に戻ってくる、そうしたらまた普通の会社に、いや……。もしかしたら青年海外協力隊に行くつもりだろうか。

「そうか、じゃあ帰ってから何をするかはこれから考える？」

「うん、それなんだけど私、ここでＮＰＯ作ろうと思ってる」

「え？」

「あのね、仮設にはまだ人がたくさんいて、来年も復興住宅に入れない人も多いんだ。ここでやめたら最後まで新聞配りますって約束が嘘になっちゃう」

「うん、まぁそれはどこにでもある話だよ、計画通りにいかないことはよくある。ＮＰＯだって対費用効果は無視できないだろう」

「うん、そうかも知れない、でも」

「亜季はさ、お前の良いところは人にとても優しいとこなんだけど、一人じゃどうにもならないことも世の中にはたくさんあるんだよ。ＮＰＯを一人で作れたとしてもさ、あれだけの数の仮設に一人で新聞配るのはどう考えたって無理だろう？　仲間はみんな地元に帰るんだろうし」

「んー、そうかも」

亜季は沈黙した。追い込まないようにしなくてはいけない。これまで見知らぬ人のために十分すぎるほど頑張ってきたのだから。そう勝雄は思った。ただ亜季の顔は黙ってはいるが悩んだり悲しんだりしている表情ではない。本当に芯の強い子だ、と父親として嬉しくも感じた。それにしても一人でNPOを作ろうなんて。作ったこともないのに。自分には全く思いつかない発想だ。

「もしNPOを作るとして、活動費はどうするんだい？　新聞には印刷所も配達する人も必要になるよね」

「うん、そう、今いるNPOは本当に大きな組織だから収入源がちゃんと確保できてるの、大企業のスポンサーも付いているし」

「そうだろう、大企業の寄付があればやっていけるだろうね。でも亜季が立ち上げるNPOに企業はお金を出してくれるかな」

　亜季を追い込まないようにと思いながらも苦労が目に見えている計画を諦めさせたい気持ちがまた持ち上がる。

「本当にそう。知名度ゼロ、信用ゼロの団体にお金を出してくれるなんてあり得ないよねー。今いるNPOが終了させる活動をなんでまだ続けるの、って突っ込まれるだろうなー」

　亜季は俯いた。悔しいだろうな、昔から始めたことを途中でやめることが嫌いな子だった。負けず嫌いだった。だから猛烈に勉強して難関大学に合格して、海外留学もやり遂げて、あの超一流の外資系に採用されたんだ。でも、さすがに今は行き詰まっている。俺が助けてやれることが何かあるんじゃないか。どうしても続けたいなら毎月送金したってかまわない。亜季一人分の生活費ぐらいなら負担にはならない。なんなら俺も新聞配りを手伝おう。


亜季が顔を上げた。

「それでね、やっぱり助成金が要るなって思ったの」

勝雄は自分の考えから突然引き剝がされた。

「え？」

亜季は微笑んでいた。

「県がね、震災復興事業に助成金を出しているの」

と自分のスマホを見せた。画面には薄緑色の宮城県のイメージカラーを背景に「みやぎ地域復興支援助成金」の表題が出ていた。なんと。亜季は落ち込んでいたのではなくスマホを触っていただけだった。助成金。資金源に自治体の助成金を利用するＮＰＯは多い。けれども助成金を得る手続きは容易ではない。それは勝雄も被災地の顧客支援を通じてよく知っていた。申請書の記入項目がやたらに多く、添付資料も膨大だ。さらに審査会でのプレゼンテーション、質疑応答もあり最終決定までに時間がかかる。過去の実績や経験も評価点になるため、新規立ち上げの組織には手続きそのものが参入障壁になっている。他にもある。助成金は年度ごとに申請が必要だ。年度末に審査を始めても承認が出るのは五月になることは珍しくない。資金的に余裕がないＮＰＯはスタートが遅れてしまう。たとえ今年承認されても来年の保証はない。翌年申請が通らずに却下されれば活動は一年で打ち切り、となるかもしれない。リスクが大きすぎる。

「大丈夫なのか？」

ついそう言ってしまった。子どもを案ずる親としての思いだったが、ネガティブに聞こえただろうか。だが亜季は勝雄の言葉を聞き流したように笑顔で続けた。

「それとね、クラウドファンディングが使えるかも」

「クラウドファンディング？」

聞いたことはあるが詳しいことは知らなかった。亜季によるとインターネットを使って不特定の人から寄付を募る仕組みで、やりたいことがある個人や団体がサイトに登録し、活動の趣旨や目標金額を提示して期間を区切って資金を募る。投資のような利益還元型もあるが、見返りを求めない寄付型もある。見返りに完成した商品や記念品を渡す場合もある。亜季は寄付型を考えているようだった。だが見ず知らずの他人に寄付をする個人などそれほど多くはあるまい。大丈夫なのか？　と今度は頭の中で呟いた。ＮＰＯで活動を続けられるとしてもいずれ仮設住宅はなくなる。長くてもあと数年だろう。その頃に東京へ戻って仕事を探したってもう遅い。今年で三十一だろう。ブランクが長すぎるから正社員に応募しても採用の見込みはない。この懸念をどうやって伝えたらいいだろう。

「それで、仮設が無くなるまで続けるの？」

「うん、たぶん。うちのお婆ちゃんは元気な方だけど、中には仮設に引き籠もってる人もいるし」

母親が元気なのは本当に有り難い。ただ、亜季の口から言われるとなんだか後ろめたかった。自分の代わりに亜季が母を見てくれている気さえした。だが亜季。ずっとここでボランティアを続けるわけにはいかないだろう、違うか？


半年後。石巻の短い夏と秋が、そして次に長い冬が来て、その冬も間もなく終わろうとしていた。五度目の三月十一日。母と舞はまだ仮設住宅にいる。復興公営住宅への申し込みは続けているがなかなか抽選に当たらない。今年もまた中瀬で慰霊祭が行われた。弟夫婦の死亡届はまだ出していない。母も舞もそれを望んでいないからだ。肉親が未だに見つからない遺族は少なくない。法律上の扱いは三月十一日以降行方不明とされている。悩んだ末、心の区切りをつけるために死亡届を出し、遺体なしで葬儀を行う遺族もいる。一方で遺体を見ていない以上はと、死亡届も葬儀もしない遺族もいる。死亡届を出すかどうかで仲違いする家族もあるという。母と舞の気持ちは同じで、二人の死を認めたくないということなのか。あるいは母が舞を慮っているのか、それとも舞が母を。そういう機微に勝雄は立ち入ることができない。舞のこれからのことを考えれば葬儀をして気持ちの整理をした方が、と思うが言い出せない。それなのに慰霊祭には毎年参加している。慰霊祭に行っているのだから霊となったことを認めている、と言えるかもしれないが、それは勝雄の理屈にすぎないのだろう。

死亡届を出すと戸籍が抹消される。住民票からも削除される。そうなれば生命保険会社は保険金の支払い手続きを、銀行はローンの残債処理を始める。資産がある場合は相続の手続きも始められる。法律上の様々な処理が死亡届一枚から始まる。だが二人が心から納得しない限り何も始まらない。親族だからやるべきことはやらないと、とも思うが、論理の話ではなく心のあり方なのだと考えると口出しできない。自分の方が薄情なように思えてくる。行方不明であるからこそ舞と母はなんとか持ちこたえているのかも知れない。論理ではなく感情で決めることが悪いなどとは言えない。親の死、子の死の先延ばしが持てる唯一の希望だとしたら、時の経過を待つしかない。

慰霊祭の翌日、母と舞の二人を誘って街へ夕食に出かけた。昨夏に亜季と食事した居酒屋に予約を入れ、亜季も後からやって来た。久し振りに四人揃っての外食となった。舞は市内の学校の給食センターに栄養士として就職し一年が経とうとしていた。亜季は遂に自力でＮＰＯを立ち上げてしまった。来月からその代表となり活動を始める。舞もこれまで新聞配布のボランティアを時々していたが、これからも亜季の活動を手伝うと言う。

「亜季はさ、四月からもっと忙しくなるんだろうなぁ。舞ちゃんが手伝ってくれるにしたって仮設はまだ結構残っているしさ」

「うん、でも地元のボランティアさんも引き続き手伝ってくれるからなんとかなるよ、助成金で人も雇えるだろうし」

「え、……NPOって給料払うの？」

「え？　そりゃそうでしょう、私だってご飯食べないと死んじゃうもん」

考えてみれば当たり前のことだった。ボランティア希望者を取りまとめ、活動を行うためにはNPOが存続していなくてはならない。そのためには運営費がどうしても必要になる。仮設住宅を回るための車やそのガソリン代だって必要だ。定常的な組織で人々のニーズを摑み、地元の生活習慣を理解した上で活動する。遠方からやって来る二日三日程度のボランティアだけでは活動は成り立たない。実は一回きりの体験的ボランティアさんほど受け入れで苦労すると亜季は言う。


ボランティアは仮設住宅の玄関を開けて声をかけ新聞を手渡し、時に話し相手になる。社会人は個人でやって来ることが多いが大学生や高校生たちは集団でやって来る。学校によっては年に数回希望する生徒を募り定期的に来訪する。別の学校ではカリキュラムの一部として全員参加型でやって来る。こうした社会活動は若者の学びの場として有意義だろう。仮設の住民にも若者との交流を楽しみにしている人たちがいる。よいことばかりに思えるが受け入れ側はリピーターのみの活動時よりも入念な準備をする。

まず学校から参加者名簿を受け取ってチーム割りを決める。チームには経験あるリピーターをリーダーとして配置する。リーダーが足りない場合には個別に地元のボランティアに声をかけて来てもらう。学生でも経験者であればリーダー役をお願いする。次はレンタカー数台の予約と乗車の割り振り。慣れない街を遠方から来るボランティアに運転させるのは危険なので運転は主に地元の人が担う。もちろん亜季自身もドライバーとなる。当日は普段より早く事務所を開けて資料やゼッケンを人数分用意。参加者が到着したら室内でオリエンテーションを始める。震災学習としての期待もあるから記録写真を見せ地理的・数値的な説明を加えて被害状況を説明する。仮設訪問時の呼び鈴を押してからの挨拶、声のトーン、判断に悩む場合の対処法や亜季への連絡方法などを丁寧に説明する。よく出る方言も戸惑わないようにと解説する。自分から手を挙げてやって来た人たちは未経験ながらも積極的に活動しようとするので、きっと得ることが多いはずだが、まれに「言われたから来た」風の者もいる。残念ながらそうした人は、亜季の説明中にも気が散っているのがわかってしまう。そんな時亜季は話を止め、こちらに集中するように注意する。あまり厳しくは言えないがソフト過ぎると効果がない。大人のボランティアであってもそうした場合には私語を控えるよう促すか、場合によっては部屋から出てくださいと言う。みんなが真剣な気持ちで被災者に向き合ってほしい。そう思うから言うべきことは言う。だがピシッと注意した後は声を出して笑うようにしている。自分は全体の雰囲気作りに責任があるから。亜季は常にポジティブであるよう心掛けていた。

熱意はあるもののいざ訪れてみると住人の方言が理解できず会話が立ち往生する。そういう場合は地元のリーダーが間に入る。あるいはドキドキして新聞を渡した後は何をしゃべっていいかわからず沈黙してしまう若者もいる。被災の話を聞き、胸が詰まって涙を流す学生もいる。中には活動中に具合が悪くなり、引率の教師が病院に連れて行くこともあった。効率を考えれば慣れているリピーターの方がより多く仮設を回れるが、人の役に立ちたいという純粋な思いで来てくれた若い人たちに一ミリでも成長して帰ってもらいたい、人との出会いの大切さに気づける場になればいい、そう思っていると亜季は言う。

学生だけでなく社会人ボランティアでも陥りがちな難しい会話、というものがある。それは、「何か困ったことはないですか?」だと亜季は言う。役に立ちたいという熱い気持ちから、あるいは会話が途切れてしまい居心地の悪さから、「何か困ったことはないですか?」とつい言ってしまう。「なかなか復興住宅に入れない。抽選で毎回はずれる」などと言われても返答のしようがない。市役所に談判するわけにもいかない。ボランティアにはできることよりできないことの方が遥かに多いことに気づかされる。中には「壁が薄くて隣のテレビの音が気になる」「腰が痛い」といった愚痴を人に話すことで少し気が楽になることもある。解決はできなくてもそういう気持ちを傾聴して、反応してあげることが大切なの、と亜季は言う。狭い仮設住宅の中で月に一度の来訪を楽しみに待っている人たちがいる。笑顔を見せるだけで十分励ましになる人たちがいる。亜季はそのことを伝え、参加者に笑顔を見せる練習もさせる。

「うん、舞ちゃんはいつも笑顔がいいよねー。住民さんたちから舞ちゃんは笑顔がいいねって言われてるよ」

「えー、そうかな。あまり考えたことない」

「うん、自分が笑うとね、人はその笑顔につられて笑うようにできているらしいよ。楽しいから笑うんじゃなくって笑うから楽しくなるんだって」

「ああ、そういう話は僕も聞いたことがあるよ、心理学の研究で分かったらしいね」

　弟夫婦が不在のまま五年が過ぎた。十代後半から二十歳までを仮設で過ごしてきた舞が傷ついていないわけがない。寂しくないはずがない。それでも自分と似た境遇の人たちに会う時はできるだけ笑顔を見せているのだ。勝雄は涙が出そうになった。

「そうだ、昨日、お父さんの夢見たよ」

　舞が言った。

「どんな夢？」

「お父さんが仮設に来たの。工場の作業着で。見せてやるから出て来いって、玄関で」

「え、何だろ、かまぼこの作り方かな？」

「わかんない。で、お父さんが先に玄関出たんだけど、私がついて行こうとしたら出られないの。鍵が掛かっているみたいな感じで。力入れて戸を引くんだけど全然開かない。向こうにいるお父さんに待っててって言ったの」

「それで？」

「それだけ」

「それだけ？」

「うん」

「そらぁ舞、父ちゃんがおめに会いたくて来たんだべ」

母が言った。

「んだね、今度来てくれたらかまぼこの作り方聞いとく。うちのかまぼこ、ほんとに美味しかったからねー。ん。このカキの甘辛煮も美味しいねー、ご飯めっちゃ進んじゃう」

「でしょー。今の時季だけの特別メニューだよ。これ食べると幸せー、明日も頑張ろぉーって気になるね」

亜季は嬉しそうに言った。

四月になって亜季は自分のNPOを始動させた。初めにやるべきことは事務所の開設だった。撤収したＮＰＯが使っていた建屋をそのまま借りたかったが賃貸料が高すぎた。スタッフ二十人分の事務室と、五十人を収容できる集会室の費用と、四台分の駐車場は亜季の小さなＮＰＯでは賄えない。結局貸事務所ではなく一軒家を借りることに決めた。地元の知人を通じて紹介された物件で、普通なら四人家族向けほどの規模だった。そこに亜季は寝泊まりすることに決めた。自宅兼事務所にすれば経費の節約になる、と考えたのだ。冷蔵庫と洗濯機はリサイクルショップで買った。テレビは仕事の妨げになると思い買わなかった。活動に必要な作業卓と椅子、それに棚は亜季の計画を聞いた大工さんが板材を運び込み、部屋のサイズにぴったり合わせて自作してくれた。まるでドラマのようだった。いいんだよ、捨てるつもりだった切れっぱしなんだから、とお礼を受け取ろうとしなかった。

原稿依頼やパソコン入力などの事務をしてもらうパートの女性も採用した。採用といっても以前からボランティアに参加してもらっていた気心の知れた主婦だったのでやりやすかった。逆に彼女からは、給料なんていただいちゃっていいのかしら、と感謝された。ただこの時点で未解決な問題も色々あった。一番大きいのは助成金の決定だった。年度単位での予算であるために公示は三月でも決定が四月に、支給は五月まで待つのが常だった。

その間の資金は自分で何とかしなくてはならない。この期間を乗り越えるため亜季はクラウドファンディングで呼びかけた。勝雄には信じられないことだったが亜季の呼びかけに応じてくれた篤志家は多かった。一人ひとりの寄付額は少なくても多数の人が賛同して寄付金約二百万円が集まった。到底できっこないと思っていたことを娘はたった一人でやり遂げてしまった。こんな才能があれば東京でベンチャー企業を起こすことだってできるはずだ。その能力をNPOのために使うなんて、とまた思わずにはいられなかった。利益率がとてつもなく高い外資系を辞めて利益を求めない組織へ。それも自分から立ち上げるなんて。営利から「非」営利へ。とても自分には真似できない。

その亜季からメールがきた。四月十一日だった。とても短いメールだったのですぐ電話して詳しく聞いた。

「淘太叔父さんの会社で使っていたかまぼこの木型が見つかったの」

と亜季は言った。亜季がその木片を祖母に見せたところ祖父の代から工場で使っていたものだとわかった。亜季が訪問した仮設住まいの老人から託されたのだと言う。老人の話ではその木型は震災の年、まだ市内に瓦礫が散乱している頃に自宅の中で拾ったのだと言う。家の壁を濁流に突き破られて半壊と判定され、もう解体するしかなかった自宅から何か持ち出せそうなものはないかと探していて、泥まみれの木片を天井の近く、箪笥の上で見つけた。自分も練り物の会社で働いていたのでかまぼこの木型だとすぐにわかったと言う。その木型がよくある笹形ではなく、ホタテ貝を模した扇形だったので珍しいからと仮設に持ち帰り、いつか持ち主を探してやろうと思いながらすっかり忘れていたのだと言う。新聞配りで訪れた亜季とかまぼこ作りの話をしていた時に、老人が木型を思い出して押し入れから出してきた。亜季の新聞に写真つきで載せたら持ち主が見つかるのではないか、そう思って託したらしい。

「こりゃあうちのだ、ホタテ形のかまぼこを作ってでたのはこの辺ではうちの店しかねえ、陶太が、その前は父ちゃんが使ってでたもんだ」

と母が断言した。老人の家は陶太の工場から相当離れた山裾にあったが、そんな遠くまで流され、しかも五年も経って家族の元に戻ってきたことは奇跡に近いことだった。

翌月、五月の連休を利用して勝雄はまた石巻にやって来た。慰霊祭の時の冬の気配はもう消えていたが日和山の桜は散ったばかり、肌寒さが北国の春を感じさせる。着いてすぐにタクシーで母の住む仮設に向かった。亜季から木型の写真は送ってもらったが実物を見たかった。木型は笹かま用の縦長ではなく横に長い。厚みもある。手元から放射状に深い溝が彫ってある。老人の話では木質の堅いけやきを使っているのではないか、とのこと。手に持つと結構重い。こんなものが水に流されるのだろうかと思うほどずっしりとしている。本物のホタテ貝は洋皿のように薄いが、この型はもっとずんぐりとしていてシャコ貝のようだ。木型を見ているうちにあのかまぼこの色と味を思い出した。焼き目が香ばしく厚みがあり食べ応えがあった。弾力あるかまぼこの味覚が口の中に広がった。父が材料を詰めその上をすり板でならしていたのを思い出した。笹かまは自動機で作っていたが、このかまぼこだけはずっと手作りだった。きっとあの日も陶太がここにすり身を詰めていただろう。

「これはよ、陶太の月命日に届いたのっしゃ。だがら陶太が舞に送ってよこしたに違いね。舞がこのめぇ見だ夢は陶太がこれを渡したくてやってきたのっしゃ」

そんなこともあるだろうか、と勝雄は考える。だが身内のそうした言葉を否定するのも何か間違っているようにも思えるので黙っていた。そうした不思議な話、魂にまつわる話はあちこちの被災地で出ていた。母の話ではこの仮設にも霊が現れたそうだ。ある住民の部屋に見知っていた老女が突然現れちゃぶ台に座った。黙って座っている。住民は彼女に話しかけることができずしばらく一緒に座っていた。やがて老女は消えてしまったがその場所を見ると座布団が濡れていた。物理を学び電子工学を専攻した勝雄には受け入れ難い話だが、亡き人を強く思うあまりに脳が作り出す幻視や幻聴はあり得るのだろうと考えるようにしている。都市伝説にもよくあるが、石巻市内でもタクシーが霊を乗せたという話は幾つもあった。道で拾った客を乗せ、告げられた住所へ着くと客は消えていた、そこには家の土台しか残っていなかったと言う。

　勝雄はそうした苦手な話題から話をそらせたいと思い母に話しかけた。

「あのさ、亜季が新聞を配るための団体を作っただろ、先月。NPOって言うんだけど。お母さんそれどう思う?」

「どうって、おらだづ仮設の者の役に立つこどさすてんだ、ええに決まってでら」

「でもね、仮設に住む人がいなくなったら仕事もなくなるんだよ。県の予算がなくなったら続けられないんだよ」

「仮設ねぐなったってみんなの辛いことが消えるわけでねぇ。ほがに人に役立つこどさかんげぇればえぇ」

「いや、んー。というか、亜季はいつまでここにいるんだろうって思ってさ」

「なして」

「なしてって、亜季はもう三十二なんだよ。東京に早く戻んないと正社員になれなくなるよ」

「なんだそのせーしゃいん、っつうのは?」

「え?　まあその、ずっとその会社で働ける資格みたいなもんだよ。会社は若い人を採って、長く働いてもらいたいんだよ。年取った人は仕事憶えるのに時間かかるからさ」

「せーしゃいんにならなんだらなじょする」

「そうなったら非正規の、つまり半年とか一年ごとの契約でしか働けなくなる。給料も正社員より安い、ボーナスも出ないことが多いんだよ」

「なして」

「なしてって、……世の中はそういう風にできてんだよ。長く働く人には手厚く、そうでない人には相応にって感じで。長く働いている間に給料が上がって余裕も出てきて、結婚しても子どもが生まれてもやっていけるんだ」

「んだらせーしゃいんでねぇ奴ぁ、わらす持てねぇんが」

「いや、絶対無理ってことはないけど、苦労することになるんだよ。子どもの進学のために奥さんもパートに出るとかして。私立は高校も大学も高いんだよ」

「なして高い」

「なしてって、そりゃあいい学校だからだよ」

「なしていい学校は高い」

「え、……いゃもうとにかくさ、いい学校に入って同じ会社に長くいてボーナス貰って貯金して、もしもの事が起きても大丈夫なようにしておかないと。親父の生きてた頃の日本と違って今は本当に不安定になってきてるんだから」

「なして日本はそうなった？　せーしゃいんなら安心だっつうこどが」

「う。まあ、絶対安心とは言えないけど大体がそうなんだよ」

　勝雄の脳裏に整理解雇した社員たちの顔が浮かんだ。

「亜季はせっかくさ、いい会社に正社員で入ったのに。同じ会社で頑張っていればそのうちにいい事があるんだよ、普通は」

「おめみたいに、か？」

「あ、まぁ、そうかも」

「おめみたいにやってでぐのがええと、それを言いでぇんが。亜季、おらを見ろってが？」

「いや、まあそこまでは言わないけど、でも。親としてさ、子どもの将来のことを気にするのは当たり前だろ」

「勝雄、おめアキはもう大人だど、おめの方が子離れできてねぇんでねぇか」

「え」

「一人娘が可愛いってのはそらわがる。だどもアキは東京でクビ切られたわけでねぇ。自分からやめたんだど。やりてぇこどめっけたからやめた、違うか？」

「ん、んー、まあそうだけど」

「だったら、いーっぺぇ応援してやるのが親としてやるこどでねぇのか。おめはな、がんばって東京の大学さ行って、でっけぇ会社入って、えらぐなった。それはそれでえぇ。おらも父ちゃんもお前のやりたいようにさせた。もどっで来ねぇならそれはそれでええ。陶太も自分がやりでぇようにやっでぎた。陶太にもおめにもおらだつは何も言わんかった」

「うん、そうだった。本当にその通りだよ。そのことは感謝してるよ」

母の方が筋が通っている気がしてきた。

「ただ、俺わかんないんだよね。NPOのこととか、亜季のやりたいことが。結局そこなんだと思うんだ」

「はぁ、わがんねぇものはわがんねぇまんまで、ええんでねぇか」

「え?」

「おめはよ、なんでもかんでもわがんねぐては気がすまねぇ。理由がなぐちゃおがすい、そったらかんげぇが染みついでんだ。わがんなぐでもええ。わがんなぐでもそのまんま子どもを見守ってやるごどがでぇじなんでねぇの」

はじまりの終わり

それから間もなく、五月の半ば頃、勝雄は人事の湯田課長からの連絡で本社を訪れた。勘田多敬夫執行役から話があると言われていた。役員室のフロアは相変わらず深閑として神殿のようだった。

私は取り次いだだけです。同席はしませんのでお一人で行ってください。湯田の表情からどんな話が出るのか推測しようとしたが、微笑む顔からは何も読めない。恐らくどこかへの出向を言われるのだろう。五年前と比べ、勝雄の事業部は二回りほど小さくなっていた。あの早期退職で二割近い人員減になった。加えて毎年の新規部員の募集数が三分の一以下になった。自薦の応募は数名に過ぎず、あとは人事と上位の役職が推薦の名目で対象者を決めてなんとか形を作った。推薦を受けた者の中にはかたくなに異動を拒む者もいた。五年前、早期退職者を多く出したため、「コンサル事業部は追い出し部屋」との噂が広がっていた。

役職離任制度により事業部長から特任部長に格下げされた勝雄もそろそろ追い出される

齢だ。きっと関係会社か業界団体へ行くことになるだろう。移った先で適当な肩書きを貰い数年在籍する。業界団体なら同業他社とのテリトリーの線引きや内密の相談などで出身会社と調整をする。人脈さえ持っていればそれほど難しい仕事ではない。時には業界団体が関わるイベントで元事業部長という肩書きを頼りに講師をする。こうした職場は先輩たちの話によれば、若い出向職員には定常業務があるが自分たちにはやることがなく、かと言って勝手に外出することもできない。一日中業界誌やインターネットを見ていると言う。それでも業界とは無関係なサイトを見ていると、総務部から警告の電話がかかってくる。監視されているんだ、でも給与は悪くないから辞める気にはなれないんだ、と先輩は言う。自分もそんな「終わった人」になるのだろうか。

「あぁ、無庫川さん、どうぞ」

防音室のように静かな部屋。会議卓で勘田執行役と向き合う。

「知ってると思うけど、僕は来月で退任だ」

勘田多敬夫は今年の株主総会のあと執行役を降りる。彼も「終わった人」になる。

「はい、長い間お世話になりました」

「あぁ、こちらこそだよ。ところでね、あなたの事業部だけど、売却することにしたよ」

「え、本当ですか」

「あぁ、半年前から売り先を探していたんだが、先週合意した」

「どこの会社ですか」

勘田から告げられたのは有名な人材サービスの会社だった。なぜ製造業の中高年集団が売り買いの対象になるのか、勝雄には理解できなかった。勘田が売却の背景を説明してくれた。

日本は世界で一番早く超高齢化社会となった。平均寿命が八十歳を超えて久しい。一方企業の定年制は六十歳、再雇用でも六十五歳までだ。中には定年を七十歳にしたり定年をなくしたりする企業もあるがごくわずかだ。六十五歳から年金生活を始めて二十年以上も年金を払うのは国としての財政負担が重い。健康でいるうちは隠居などせず働いてもらいたいのが政府の本音だ。人材サービス会社はそこに目をつけた。大企業の管理職経験者なら中小企業に派遣すれば何かと役に立つはずだと考え、専門分野ごとにシニアを派遣するビジネスを立ち上げた。例えば品質管理の基準を作ってＩＳＯの国際認定を受けるのは中小企業には気の重い仕事だ。けれども取引先の大企業から認定を取らなければ取引を停止すると言われ、高額なコンサルタントを雇ってやらざるを得ない。大企業では管理職も専門分化しているので、そうした行政手続きに詳しい者が結構いる。特許申請についても同様だ。

「うちのコンサル事業部には実務経験者が多いから中小企業のニーズに応えられる。人材会社の営業はお客を回ってこれを新サービスとして売り込める。専門のコンサルタント会社よりもずっと安い値段で。こっちとあっちの希望がぴったり合ったわけだ。いい話だろう」

勘田に言われてそうですか、としか言いようがなかった。すでに事業部長から退いている勝雄の意見など聞かれることもなく売却が決まった。嫌な役を引き受けて何十人も人員整理をしたのはいったいなんだったのか。あの嵐を生き延びた者たちは今どんな思いでいるだろう。人使いの荒いことで有名な人材会社に売却されると聞いて喜ぶ部員などいるはずもない。もしかして、俺もそこへ一緒に売られるのだろうか。


「それでね、来てもらったのは、無庫川さんをどうしたらいいかって先方と相談してたね」

「私は先方では必要ないと？」

「うん、役員は向こうが兼務するからいらない、あなたには顧問のポストは用意してもいいが一年限りにしてほしい、と言うんだよ。一年だけど年収は業界団体に行くよりもずっといいよ」

「でも一年だけ、ということですね。その後はどうすればいいでしょう？」

「そりゃもう、自分で好きなようにして構わないよ」

好きなようにしろ、と言うのは裏返せば会社としてはその後の面倒は見ない、という意味だ。

「新会社に行かないとすると、どこかの協会か団体かに行けるのでしょうか」

「いや、今年はないよ。希望者は多いけどポストがないんだ。無庫川さんと同じ年次の人が多すぎるんだよ。でね、僕は今年作る子会社を任されることになっているから、無庫川さん、よかったら一緒に来るかい？」

　聞けばその子会社とは特例子会社と呼ばれるもので、障害者を雇うことを目的としている。社会福祉的な見地から施行された障害者雇用促進法では五十人以上の企業は最低一人、つまり社員の二パーセント相当の障害者を雇用するよう義務付けている。

　大企業は行政に対して常に優等生でありたい。社会の目も意識せざるを得ない。一方で国際競争にも勝ち残りたいから本社や各子会社が障害者を受け入れることで現場の負担増やコストアップは避けたい。そのため企業グループの一社として障害者専用の子会社を作り全体で二パーセントを達成する。雇用が実現できていれば罰金を払わずに済み、法的な義務は果たせる。一万人の大企業なら二百人だ。厚生労働省とのやり取りの中で、企業グループとして数字を達成していれば順法と見なしてもらえることになった。けれどもこれで国が目指している障害者との共生社会になったと言えるかどうか。競争が厳しい中で企業は生産性が少しでも落ちるのを嫌う。だから障害者だけを集め本業に影響を及ぼさない軽作業を割り当てる。健常者との接点はほとんどない。障害者は特例子会社の壁で隔離される。

「それほど心躍る仕事でもないだろうけど、どう?」

と問われたが頭の中が整理できない。事業部の売却先に降下しても一年しかいられない。関連団体にはポストはない。一方で障害者向けの会社では自分に何ができるのか想像がつかない。そもそもなぜ執行役が自分に同行を提案してくるのかがわからない。それほど近い間柄でもないのに。


「ありがとうございます。二、三日考えさせていただいて宜しいでしょうか」

「うん、まあ気に入らなければ他の人に回すからそう言ってくれよ。ところでね、今日こんなものが届いたんだけど」

そう言って勘田が見せたのは一冊の文庫本だった。表紙に「借りていた本をお返しします」とメモが貼ってある。

「誰だろうね、本貸した覚えなんてないんだよ。それに、これ新品だもの」

そう言って勘田は本を会議卓に投げ出した。

「わからないですね、どういうことなのでしょう」

「読めと言いたいんだろう。こんなの小学校で読んだよ。誰だって知ってる話だ。何が言いたい、はっきり言えって、ね。そう、はっきり言ってきた奴もいたよ。あの整理解雇のすぐ後で。これも発信者不明でね、そういう手紙は秘書がチェックするんだ。どうでもいいものは秘書が捨てちゃうんだけど、これは脅迫めいていると言って持ってきた。こう書いてあったよ。俺は絶対に長生きしてやる。お前が死んだら墓から骨出して踏み潰してやるって。たくさん退職金貰って世話になっておいても、頭のおかしな奴は必ずいる。無川さんも気をつけな」

三年前は事業部長として多くの早期退職者に向き合っていた。ベテラン社員に退職届を書くよう迫り、それを成果と言うのかはわからないが経営陣の期待通りの退職者数を挙げた。その事業部が今年売却される。売却で本社の平均年齢が二・六歳若くなると湯田課長は嬉しそうに言う。年齢が増すのは悪なのか。三年前退職勧奨の面談で頻繁に使った言葉を思い出す。新陳代謝。会社が生き延びるための。国体護持という七十数年前の死語が頭に浮かぶ。

三年前、面談で諸江は「自分で希望して異動してここに来た」と言っていた。部下のいない事業部に自分で来た、まだやりたいことがあると言う諸江の考え方が理解できなかった。管理職の資質に欠ける男だと思った。一方であの歳でやりたいことがあるのが羨ましいとも思った。今なら諸江が理解できる気がする。俺はこれからどうする。何がしたい。

十二月。今年になって六度目の帰郷。陽が出ていても石巻は真冬の東京よりずっと寒い。駅に降り立った勝雄の吐く息が白い。駅のロータリーを抜け、レンタカーの営業所に入り名前を告げる。車の傷の有無を確認してすぐに出発した。法務局の出張所はＪＲ仙石線を越えた市の北西にある。いまでも信じられないが、こんな陸の奥まで津波が押し寄せて四両編成の車両をなぎ倒した。駅も線路も全て破壊された。今後に備え線路を高台に移す工事が終わったのは昨年のことだ。四年目にしてやっと全線が開通した。

四年前、亜季は一流の外資系企業を自分から辞めてボランティア活動を始めた。新聞を、訪問を待っている人たちがいる限り続けると言った。その思いをかたちにするためＮＰＯを作った。自分のやりたい仕事を、それも楽しみながらやる。報償は金銭ではなく仕事そのものだと亜季は言った。亜季の将来について自分の懸念を伝えた時、なして、なしてと問う母の言葉が自分の信念を揺るがした。いや。それは信念と言うほどのものなどでなく、勝手な思い込みなのかもしれない。自分にはよくわからないけれども娘の生き方を受け入れようと思った。全く、母にしろ娘にしろ会社員一筋だった自分よりよほど考え方がしっかりしている。勝ち残ることだけが生きる目的ではない。二人と自分ではジェンダーギャップもあるかもしれない。勝ち続けるために俺たちは何かを、誰かを犠牲にせざるを得なかった。なぜなら、数はいつでも限られているから。先に倒れた者は自己責任を負う、勝ち残った者が全てを手にする。ウィナー・テイクス・イット・オール。これまではずっとそうやってきた。

　自分はこれからもそれを続けるのか。教師の勧め通りに進学し、大学の推薦で入社し、配属も異動も言われるまま全力で働いた。自分からは選ばない。それが当然だと思っていた。正しい働き方だと信じていた。ただ、そうした中で、実は無意識に勝ち残りを賭けて戦っていたのかもしれない。

　今、貯蓄は少なからずある。だから今後ずっと働かなくても生活の不安はない。退職金で証券投資でも行えば資産をもっと増やすこともできる。退職したらやりたいと思っていたことも色々あった。趣味を深める。世界遺産を見て回る。世界一周の船旅。東南アジアにプール付きの広い屋敷を買って暮らす。なるべく金を使う。意識して使う。持てる者の社会への還元と言えるかもしれない。だが何か、そういうことではなく、これまでしたことのないことをしてみよう。遅すぎるかもしれないが。やりたいことを自分で決めたのは人生で初めてだった。売却先の会社の顧問は辞退した。勘田からの誘いも断った。ハローワークでは、あなたのような立派な経歴では却って紹介先がない、清掃や警備をしたいといっても会社の方が社風に合わないといって断るでしょう、と言われた。ならば。自分が培った知識と経験はまだ誰かの役に立つのではないか。どこで。自分の故郷で。石巻で。そう考えるようになった。

法務局で法人登記の手続きを終えたあと税務署に車を走らせた。用意していた申告書類を提出し、コンビニでサンドイッチを買い車の中で食べた。地元の信用金庫で融資の打ち合わせを終えたらすでに三時を回っていた。国道33号線で旧北上川を渡り、左に折れて仮設住宅に着いた。最近来るたびに人の気配が薄れてきている。以前は子どもの笑い声が空き地に響いていた。玄関口で立ち話をする女性たちがいた。今はもうそんな光景を見ない。復興公営住宅に当選した世帯、自宅が完成した世帯が次々に出ていきゴーストタウンのようだ。そして母と舞も、遂に今月末、復興公営住宅へ入居する。

「ただいま」

と言いながらドアを開ける。

「あぁ」

と顔をあげた母は一人で座卓に座っていた。

祭壇の父と陶太、和美さんの写真に手を合わせた。

「勝雄が来たよ」

一緒に手を合わせた母が呟く。写真のそばにはホタテ形かまぼこの木型が置かれている。

「おめ、今野さん知ってっか」

「ん、どうだったかな」

「ここを出てったわ」

「ん」

「息子が蛇田(へびた)に家を建てたんだと」

「そうか」

「昔はよくかまぼこ買いに来てくれた、うぢの店がいぢばんうまい、そう言っでよ」

「そうか、お客さんだったか」

「んで、うぢも息子が戻ってぐっからもっかい店つくっぞって話しだらよ、そらいいごとじゃ、がんばっぺし、てよ。そん時ぁぜってぇ知らせろって」

　母は鉛筆書きの住所を渡そうとした。

「いやいや、待ってよ、そんなこと何も約束してなかっただろ、俺が戻るのはかまぼこの会社作るためじゃないんだから」

「なぬ、んだら何しにこごさけえってくんじゃ」

「会社は作るんだけど、いろんな会社のさ、困りごと、いろいろあるだろ、機械が調子悪いとか、その相談を受けるのが仕事なんだよ」

「なんだぁ、人様の会社を助けるってか。ならうちの会社も立で直せるべ」

「いや、それとこれとは違うんだよ」

　勝雄は中小の工場を対象としたコンサルティングの会社を立ち上げようとしていた。これまで勝雄が一番長くいたのは自動機械の修理部門だった。震災直後に顧客システムの復旧対策室長を命じられたのも、その経験を買われてのことだった。被災直後は会社に寝泊まりするほど忙しかったが、想えばあれが過去の経験を一番活用できた職場だった。当時は取り急ぎ残っていた機械を修復して使い始めた会社も多かったが、あれから五年が過ぎ、機械の不具合も増えている。

自分で何か新しいことを考えるよりも、すでにある何かの仕組みを知り、より良くするにはどうしたらいいかを考えるのが好きだった。現場を見ればアイデアが浮かぶ。それを職場の責任者や経営者に提案する。震災の年は自分も現場へ赴き現物を見たりした。破損した自動機を開けて部品に触れながら具体的に指示した。若いエンジニアが見たこともないような年代物の機械をまだ使っている会社もあった。勝雄の年代にしか直せないような代物だ。旧友に再会したような思いだった。部品が手に入らないほど旧い機械を分解し、真水で塩分を落として組み直した。潤滑油で仕上げスイッチを入れると元通り動き出した。おお、と作業員が嬉しそうな声を上げた。モーターは海水に浸かったら終わり。そんな思い込みを疑えと若い頃先輩に教わった。自分は今役に立っている、そう実感できた。損なわれた物を元に戻す、それが自分の好きなことだったと思い出した。あの時は大手の顧客を優先して小さな工場の復旧までとても手が回らなかった。今でもまだ辛い状況にある中小企業はあるはずだ。メーカーの営業は新製品を提案してくるだろうが使い慣れた機械をそのまま使いたい会社もある。あの機械でなければ老舗の味が出せない、という会社だってあるだろう。親父と陶太が使っていたあの木型のように。

　セカンドキャリアをなぜ石巻でと決めたのか。妻には母のことが気になるから、と言い、何の疑問も持たれなかった。なぜ石巻なのか。娘の亜季が気になるから。それもある。ただ、誰にも言わないが、やはり陶太と和美さん。未だに行方不明の二人への、言葉では言えないぼんやりとした何かが自分をここへ引きつけている。その何かぼんやりしたものは「考える」ものではなく「感じるもの」であるような気がする。


「ぜーったい絶対きれいだから」

　後部座席から舞の声が飛んでくる。舞の隣には母が座っている。まばらな街灯が道案内のようにぽつぽつと立つ石巻の夜道で勝雄はハンドルを握っていた。

「今だけしか見らんないから」

　十二月は陽が落ちるとぐっと冷え込む。車の温度計はマイナス三度を示している。寒さが苦手な勝雄だが、舞に頼まれて母と三人で出かけることにした。海沿いの国道から離れて丘を少し登ると照明の灯った駐車場に着いた。周りは暗い。昔の記憶と比べてみようとするが初めての場所に思えてしまう。

ずいぶん昔、舞がまだ十歳ぐらいの頃一緒に来たはずだった。オープンして間もない頃で、石巻の新しい名所として人気があった。丘陵の段差を利用した臨海公園。注目を集めたのはドックに浮かぶ大型の木造帆船だ。世界史の教科書に載っていそうな中世風の帆船は近辺の樹木を伐り出して造った。どの角度から見ても優雅な曲線を描く船体が、大航海時代のロマンを感じさせる。伊達政宗公の命令で建造された、日本で初めての洋式帆船サン・ファン・バウティスタ号の再現。バブル経済の最中に計画が持ち上がり、遣欧使節三百八十年の記念の年に進水した。

展示館の下をくぐって円形の広場に出る。植栽やフェンスを飾る青や白のイルミネーションがクリスマスの雰囲気を演出している。何組もの男女が手を握り、寄り添って歩いている。自分たちに向けてスマホのシャッターを押している。

「ほらね、言った通りでしょ。この先がもっと凄いの」

誇らしげに舞が言う。母と腕を組んだ舞が先に進む。電飾に見入っていた母も歩き始める。行く先の空が明るく光っている。エスカレーターの乗り口が現れる。ビルの三階分ぐらいはある長いエスカレーターを下るうちに光がどんどん強くなってくる。わーっきれいー。ほんとー。背後の若い女性の声々が天井に響く。降りたすぐ目の前に黄金色の帆船が浮かんでいた。雪や氷をイメージさせる白色や青色ではなく、陽光のような眩い金色に包まれた船。黄金色のせいで本当は寒いのになぜか暖かいように感じてしまう。

「ほー」

　と思わず声が出た。

「ね、凄いでしょ。こんなの東京にだってないよね」

「うん、ないね」

　と言った後で、そうだ、あれに似ていると勝雄は思った。ベイフロントに沿って延びる公園の中の一本柱のマスト。空中回廊のようなウッドデッキに囲まれた帆船のモニュメント。一年中点灯するから季節感はないものの、あのマストも同じようにライトアップされていた。ウッドデッキを端まで歩けばその先にレインボーブリッジが白く光って見える。

　似ている。でもここにあるのは本物の船だ。中瀬の造船所で地元の松や杉材を使って造られた本物の帆船。ベイフロントのマストは船体はなくコンクリート製の柱だけ。マストに登るロープもない。こっちのマストには何本もロープが左右に張られている。ロープにたくさんのライトが飾られて、ロープそのものが光っているようだった。天空から降ろされた金色の糸が船を覆っている。その幻想的な光を眺めていて勝雄はあれを思い出した。

『蜘蛛の糸』。芥川龍之介の短編小説。生前に蜘蛛を殺さないで逃がした悪人を、地獄の底で見つけた釈迦が蜘蛛の糸を垂らしてみる。悪人はその糸をたどって極楽へとよじ登る。どんどん登ってふと下を見ると同じ糸をぞろぞろと亡者が登ってくる。あいつらの重みで糸が切れる、そう思った。「下りろっ！」と叫んだ途端糸は切れて、悪人は真っ逆さまに落ちてゆく。そうだ、勘田が会議卓に投げ出したあの本だ。あれは執行役への、いや会社への辛辣なメッセージだった。俺はどうなのか。今でも自分だけ極楽に行こうとしているのか。いや、俺はもう登らない。ここで、ここに、逃げることなく住み続けてきた人たちと一緒に生きる。

「この船が助けに来てくれたらよかったのに」

舞が船を見上げて呟いた。そして突然震災の日のことを話しだした。マストや船体を飾るイルミネーションを見た舞の中で何かのスイッチが入ったかのように。

「あの日、学校で一晩過ごしたんだよ。朝になっても誰も助けにきてくれなかった。当たり前だけどね。クラスの子たちと一緒だったんだけど、みんなお腹がとてもすいてきて。寒いね、誰か、食べ物を持ってきてくれないかな、早く、何でもいいから何か食べたいねって、食べることばかり話していたの。ヘリコプターが近付いてきた時、きっと何か食べ物を運んできたんだって、みんなで言いあってたんだ。でもどこにも降りないで行ってしまった。私本当は一個だけアメ持っていたんだけど、みんなの前で一人で食べるなんてできなかった。お父さんとお母さんのことも考えたけど、それよりも何か食べたい、どうしてここには食べ物が何もないんだろうって、そればっか。ひどいと思う？　そしたら午後になって体育館に食べ物を持ってきた人がいたの。丸政の人だった。段ボール箱持って。食べてって笹かまぼこ配ってくれた。少ししかなかったから友達と半分ずつ食べた。それでも食べられただけ幸せ。大人の分まではなくて先生は我慢してた。そのかまぼこがね、すごく美味しかったんだ。うちのも美味しいけどね、あの時の丸政のかまぼこは、もう本当に、こんな美味しいもの食べたことないってぐらい。その時に思ったの。食べることって、誰でも当たり前に、何も考えないでみんなやってる。一日に三回食べてる。だけどそれってすごいことなんだって。一回食べないだけでもうお腹すいちゃう。動物が生きてゆくのって大変だなって、食べるってとっても大事なことなんだってわかったの。今は学校の給食センターで働いているけど、いつかね、お父ちゃんの作ったあのかまぼこをみんなに食べさせてあげたい。震災の日のことも教えてあげながら。いつかね。私はここにずっと住むよ。生まれてからずっといて、ここで色んなことがあったんだから。悲しいことも思い出すけど悲しい思い出だけ持って町を出るなんて嫌。町が良くなっていくのを見ていたい。一番悲しかった時のことを知っているから、これからは良くなる以外にないでしょ。だからここで暮らすの。これからも。……あーっ、きたー！」

　振り向くと若い男が近づいてきた。舞は嬉しそうに駆け寄っていく。背の高い、ダウンジャケットの男は川開き祭で見た芳賀だった。

「あれ、はねこの師匠けぇ。こったらとごでまぁ偶然だぁ」

「あはは、違うよおばあちゃん、私がメールしたの。みんなで帆船見に行きますって。よかったら一緒に見ませんかって。あ、帰りは先生と一緒に行くから。じゃあね」

そう言って舞は芳賀と二人で歩き出した。

「あー、こりゃ舞にうまいごとやられだなぁ」

母は嬉しそうにつぶやいた。そして続けた。

「んだな、あん時がいちばーんひどがった。だがら、これがらは良ぐなるしがねぇんだ」


（了）

あとがき

このたびは本書をお読みいただきありがとうございます。以前から「人は何のために働くのか」に興味がありました。ＩＴ企業に勤め二〇〇三年に英国駐在から戻った後、シドニーの大学院（通信制）で日本企業の成果主義制度について論文を書き、独立行政法人労働政策研究・研修機構の東京労働大学講座に通い労働法や労働経済について学んでいました。当時は自分がリストラに遭うとは思いもしませんでしたが二〇一三年、退職勧奨を受けました。現在はキャリアコンサルティングの国家資格を得て公的機関で職業相談をしています。本書は再就職（解雇される側）と企業の人事制度（解雇する側）をメインテーマとし、時代変化に伴う親と子の労働観の違いも描きました。

もう一つのテーマである東日本大震災は、あらゆる表現者にとって深い配慮が必要な題材です。最近観た映画「天間荘の三姉妹」（二〇二二年。北村龍平監督）、「キリエの歌」（二〇二三年。岩井俊二監督）ではＣＧや特撮によって震災のシーンが表現されていましたが、こうした映像を観るのが今でも辛いという方もいるはずです。ドキュメンタリー映画の分野では「『生きる』大川小学校 津波裁判を闘った人たち」（二〇二二年。寺田和弘監督）、「ただいま、つなかん」（二〇二三年。風間研一監督）を観ました。それぞれ石巻市で小学生を失った親御さんたち、気仙沼市で漁師に嫁ぎ自宅を壊された女性の記録です。これら四つの作品は震災から十年以上を経て製作されました。震災の記憶をかたちにするにはそれだけの年数を待たねばならなかったのだと感じます。

そうした中で私の個人的な失業に大震災を結びつけるのは不謹慎なのではないか、当事者でない私が被災の情景を描いてもよいのか、という迷いがありました。それでもかたちに残したい、との思いが勝り、文学賞への応募を繰りかえしていました。力が足らず毎回選外でしたが、一昨年文芸社からお声がけをいただき出版を決意しました。

振り返ると、私は失業後に様々な体験をし、世の中の見え方が大きく広がったように思えます。「失うことで以前よりも多くのことを学ぶ」という言葉は本当です。今では毎年東北の友人たちに会いに行く、みちのく潮風トレイルを歩く、などの新たな楽しみがあります。また昨年は岩手県の三陸鉄道にラッピング列車「三陸元気！　ＧｏＧｏ号」を走らせ（クラウドファンディングを起案）、さらに多くの方とご縁ができました。こうして出会えた方々との繋がりは、失ったものよりもはるかに豊かでした。そのことには感謝しかありません。そうした友人の一人、石巻復興きずな新聞舎の岩元暁子様からは、石巻でのボランティア活動についてたくさんのことを教えていただき、本書の大切な構成要素にすることができました。大変ありがとうございました。居酒屋のマスターも実在する方がモデルです。いつも美味しい料理で迎えていただいています（気仙沼市・男子厨房海の家畠山仁義様）。

少しだけこの作品の楽しみ方について書きます。登場人物の名前には様々な思いを込めました。謎解きのように味わっていただければ幸いです。後半部にはＮＨＫ連続テレビ小説「あまちゃん」へのオマージュを込めました。失業した年に放送され、その後何度も「あまちゃん」を見返して元気を貰っていました。主演されたのんさん（本名 能年玲奈さん）の演技には特に強く魅了され、今でも応援しています。荒波のような芸能界の中での、のんさんの真っすぐな生き方を心から尊敬しています。

最後に、刊行に向けて様々な助言を下さった文芸社編集部の青山望様、初めにご提案をいただいた出版企画部の田口小百合様に感謝申し上げます。本書を世に送り出すことができたのはお二人のご尽力があったからこそです。本当にありがとうございました。

二〇二四年三月十一日

今西穂高

参考資料

林 明文『よくわかる希望退職と退職勧奨の実務』（同文舘出版、二〇一一年）
佐々涼子『紙つなげ！ 彼らが本の紙を造っている 再生・日本製紙石巻工場』（ハヤカワ・ノンフィクション文庫、二〇一七年）
有北雅彦『あなたは何で食べてますか？ 偶然を仕事にする方法』（太郎次郎社エディタス、二〇一九年）
田久保善彦編『東北発10人の新リーダー 復興にかける志』（河北新報出版センター、二〇一四年）
リチャード・ロイド・パリー『津波の霊たち 3・11 死と生の物語』（早川書房、二〇二一年）
『報道写真全記録2011.3.11-4.11東日本大震災』（朝日新聞出版、二〇一一年）
DVD「東日本大震災～3・11気仙沼の記録～第1巻」（気仙沼ケーブルネットワーク株式会社）
「石巻復興きずな新聞舎」http://www.kizuna-shinbun.org/
寺山修司『寺山修司全歌集』（風土社、一九七一年）
宮沢賢治『農民芸術概論綱要』（筑摩書房、一九六七年）

著者プロフィール

今西 穂高（いまにし ほだか）

愛知県名古屋市生まれ。
上智大学ロシア語科卒業。
1980年 大手IT企業に就職。
2013年 同社を退職。
2014年 公共職業安定所に入職。
2023年 クラウドファンディングにてラッピング列車「三陸元気！ Go Go号」を制作。
のんさん（本名 能年玲奈さん）のファン。

大海嘯（だいかいしょう）

2024年3月15日 初版第1刷発行

著 者 今西 穂高
発行者 瓜谷 綱延
発行所 株式会社文芸社
〒160-0022 東京都新宿区新宿1－10－1
電話 03-5369-3060（代表）
03-5369-2299（販売）

印刷所 株式会社エーヴィスシステムズ

ISBN978-4-286-26094-5 JASRAC 出 2309373-301